AF235449

Manchmal finden Menschen ihr Zuhause zwischen den Achselhaaren eines geliebten Menschen oder entwickeln das Gefühl der Anziehung, wenn sie abgekaute Fingernägel an Fremden entdecken. Sie erinnern an die kleinen Dinge, wie käse verschmierte Backofenhandschuhe, Kuchenessen im Bett und Beziehungen, die wie vertrocknete Pflanzen sind. Die Menschen sind vielfältig, genauso wie das, was sie erleben, sich vorstellen, worüber sie nachdenken. Sie erzählen und nehmen wahr. Daraus entstehen kurze Einblicke in unterschiedliche Situationen. Diese spielen inmitten des Alltags, führen zurück in die Zeit des Heranwachsens oder bestimmen das, was war, ist und sein kann. Kaugummi und Menschen ist so eine Sammlung von genau diesen winzigen Beobachtungen, Anekdoten und Erfahrungen. Diese sind mal süß und mal zäh, sie handeln von sterbenden Tauben, Entscheidungen, dem Glücklichsein, den dunklen sowie hellen Momenten und von Ahnungslosigkeit.

KAUGUMMI & MENSCHEN

Johannes-Paul Döbler

Impressum

Bibliografische Information der Deutschen Nationalbibliothek: Die Deutsche Nationalbibliothek verzeichnet diese Publikation in der Deutschen Nationalbibliografie; detaillierte bibliografische Daten sind im Internet über dnb.dnb.de abrufbar.

„Kaugummi & Menschen"
© 2022 Johannes-Paul Döbler

Herstellung und Verlag: BoD – Books on Demand, Norderstedt

ISBN: 978-3753477848

INHALT

ich bin weg ...   11

auf halber treppe ...   12

das letzte eis ...   13

anna ...   14

ja, nein, vielleicht ...   15

lebe wohl meine heimat ...   16

vorbei ...   17

rauch ...   18

harte hände ...   19

stürzen ...   20

lebenslauf ...   21

depression ...   22

w ...   23

er liebt sie nun mal ...   24

unsichtbar ...   25

wer bin ich ...   26

fallen ...   27

kaugummi und menschen ...   28

die eine ...   29

vergeblich gedüngt ...   30

grau ...   31

du und ich ...   32

niemandsland ...   33

deine füsse ...   34

was echt ist ...   35

zukunft ...   36

flucht ...   37

blut im feld ...   38

reste ...   39

falten und dellen ...   40

zugemauert ...   41

mit punkt und komma ...   42

tropfen für tropfen ...   43

abseits der welt ...   44

schlaflied ...   45

wärme ...   46

bettmensch ...   47

ich weiss nicht ...   48

sie und er ...   49

pfand ...   50

auf dem land ...   51

punk ...   52

ich bin licht ...   53

zu schnell, zu weit ...   54

verschwendung ...   55

drahtseilakt ...   56

in der nacht ...   57

hollywood ...   58

tief oben ...   59

keine aussicht ...   60

auf dem berg ...   61

scheidung ...   62

rente ...   63

meine, nicht deine augen ...   64

wenig ...   65

(un) durchschaubar ...   66

nur die anderen ...   67

ohne farbe ...   70

der weg ...   71

reise ... 72

ich bin noch da ... 73

müll ... 74

vanille ... 75

kein ende ... 76

leere hülle ... 77

damals und heute ... 78

zwischenablage ... 79

kleine taube ... 80

nichts passiert ... 81

langsam ... 82

früher und immer ... 83

zwei räume und ein wintergarten ... 84

hinter deinen augen ... 85

dorf ... 86

wo liegt der sinn begraben ... 87

drama ... 88

wachtraum ... 89

da ist noch mehr ... 90

im nächsten anlauf ... 91

verpufft ... 92

ich und mein ball ... 93

schicht für schicht ... 94

platz für mehr ... 95

einfach fort ... 96

es wird klarer ... 97

wie ein windzug ... 98

diamant ... 99

zu früh zerfallen ... 102

nichts ist verkehrt ... 103

ich bin da ... 104

unvollkommene orte ... 105

fast schwarz ... 106

für dich ... 107

nicht müde genug ... 108

heilung ... 109

keine party mehr ... 110

formlos ... 111

es ist so und ganz anders ... 112

spektakel nach der dämmerung ... 113

wenn wir uns sehen ... 114

frieden finden ... 115

richtig kaputt ... 116

spiel ohne regeln ... 117

wenn du groß bist ... 118

lass es wieder leuchten ... 119

ahnungslos ... 120

nomaden ... 121

antworten ... 122

ich bin weg

Und über ihr hängen die Antworten, während sie ihrer Enthauptung entgegensieht. Zwischen all dem Warten auf die Bestrafung und auf den endgültigen Tod, den sie weder verdient, noch herausgefordert hat, sieht sie alle, die sie schon so lange nicht mehr getroffen hat. Sie sprechen ihr Mut zu und das gerade jetzt ihre Stärke der absolut größte und einzige Triumph ist, der noch geblieben ist. All die wohlwollenden Worte durchströmen ihren Körper und dringen ein in ihr Gehör. Ihr Brustkorb hebt und senkt sich nur leicht. In ihr macht sich eine Wärme breit, die sie schon lange nicht mehr spüren konnte, weil sie sich schon lange nicht mehr sicher gefühlt hat. Und mit diesem neuen Gefühl springt sie dem Tod entgegen, der so viele Fragen unbeantwortet sein lassen wird. Von all dem tosenden Applaus, aufgrund ihres Ablebens, bekommt sie nichts mehr mit. Sie hat sich verabschiedet aus dem Hier und ist an einen anderen Ort gegangen. Eine neue Heimat, die sie erwartet und wo sie auf Menschen trifft, nach denen sie sich bereits so lange sehnte. So hat sie ihr Leben verlassen mit all den Antworten, die niemand hören wollte. Mit all dem, was niemand verstehen konnte. Doch von nun an wird nie wieder etwas über ihrem Kopf sein, dass eine Bedrohung für sie darstellen könnte.

auf halber treppe

Bei dem Blick in den Spiegel springt dir die Hässlichkeit entgegen. Das Monster, das nur du sehen kannst und das nur dir selbst gefährlich werden kann. Erschaffen über so viele Jahre, an denen du dir selbst am nächsten warst. Und wie sehr du auch versuchst, die Kreatur von deiner Haut zu schrubben, wirst du sie einfach nicht los, denn sie klebt an dir wie das Pech. Kein Schleifpapier und keine Maschinen werden von dir ablösen können, was sich ganz tief in deinem Inneren so sehr mit deinem Blut vermischt hat. Die zähe Flüssigkeit, welche ihre rote Farbe inzwischen lange eingetauscht hat gegen eine schwarze Flut aus dem ganzen Müll, der sich dir auf all deinen Wegen entgegenschob. Selbst wenn du dir vornimmst, dass du alles noch verändern kannst, ist es inzwischen zu spät geworden und die Batterien deiner Uhr sind bis auf das letzte bisschen Restenergie einfach aufgesaugt. Irrelevant, wie viele Spiegel du in dem Leben, welches vor dir liegen wird, noch kaputt schlägst, wirst du immer dasselbe alte Gesicht sehen und die grauenhafte Gestalt mit in dein Bett nehmen, wo sie, egal ob Tag oder Nacht, neben dir liegt und nur darauf wartet, dass du einen weiteren Fehler begehst auf den Treppen, von denen du dir Erfolg versprochen hast.

das letzte eis

Verschwindend gering erscheint die Möglichkeit aus den großen Massen, geformt aus Eis, wieder empor zu steigen. Der Schneesturm, der bereits seit Tagen, Wochen und Monaten wütet wird nicht anhalten, ehe er alles unter sich begraben hat. Keine Schicht, egal ob aus Fell oder Fett wird verhindern, dass die Kälte tief in jede einzelne Pore dringt. Das Rufen und das Heulen wird sich in der endlosen Weite verlieren und verstummt dort, wo sich das Nichts eingenistet hat. Die stark aufgerissenen Hände verfärben die schimmernden Wände, die sich so dicht an den eigenen Körper pressen. Eingeschlossen unter meterdicken Schollen konserviert diese Ewigkeit die Erinnerungen, ein wenig Glück und die hoffnungsvollen Ideen, die einst mal lebendig waren und jetzt keine Kraft mehr besitzen, um sich aus dem Panzer zu befreien. Das Warten, auf die Sonne, die sicher niemals ihren Weg in diese Höhle findet, hat sich in eine Vorstellung gewandelt, die nie zur Realität werden wird. Und das Nichts wird von nun an ein Begleiter sein, der sich an den Körper heftet und durch kein Kratzen und kein Flehen entfernt werden kann. Es wird ständig daran erinnern, dass es da ist und keine Ruhe geben, bis aus all dem noch weniger geworden ist.

anna

Anna vergrub ihr Gesicht sehr tief in seinen Achselhaaren, denn das war die einzige Heimat, die sie kannte. Vielmehr war es die Heimat, die sie brauchte und der einzige Ort, den sie je wirklich wollte. Selbst nach den vielen Jahren kam sie immer wieder gern zurück, um sich zu erinnern, dass ihre Welt nur hier am friedlichsten war. Ihr Zufluchtsort roch nach Schweiß und den Resten von einem billigen Deodorant aus dem Discounter von nebenan. Ein Duft, den sie in seiner Ganzheitlichkeit nie hätte beschreiben können, von dem sie aber wusste, dass sie nie etwas anderes hätte überhaupt riechen wollen. Ausdünstungen von den Anstrengungen eines jeden Tages fanden den Weg in ihr Innerstes und verweilten lange an dem Platz, der all ihre Glückshormone ausschüttete. Ihr Unterschlupf kitzelte sie an der Nase und berührte ihre kurzen Wimpern bei jeder Bewegung. Vor allem aber ließ es sie in den tiefsten Schlaf fallen, aus dem sie theoretisch nie hätte erwachen wollen. Manchmal verfingen sich ihre Haare in denen, die sie so sehr begehrte und die sie so sehr liebte. So trat ein Lächeln auf ihre Lippen, wann immer sie sich vollends darin eingraben konnte, weil sie in dieser Kuhle, in die sie ihren Kopf bettete, die Unsicherheiten und Probleme komplett vergessen konnte.

ja, nein, vielleicht

Es ist das Ja mit dem du die Zukunft begrüßt und wie so oft weißt du nicht, wozu du überhaupt ja sagst, weil sich das Ja so schnell wieder in ein Nein oder in ein Vielleicht, mal sehen, kann sein oder ein besser nicht verwandelt. Und die vielen kleinen Bilder, die in den Knoten in deinem Kopf umherirren, ordnen sich zu einem Buch ohne Inhaltsangabe und alles wirkt ohnehin bereits ziemlich strukturlos. Das Festlegen ist nicht so dein Ding, denn keiner deiner Freunde macht das heutzutage noch. Du lässt dir alle Optionen offen, denn irgendwo begegnet dir irgendjemand oder irgendwas, auf das du schon so lange gewartet hast und von dem du weißt, dass du es haben willst, ohne es zu brauchen. Und all diese Optionen lösen sich in Luft auf, weil sie so schnell gehen, wie sie gekommen sind. So bleibst du allein in deinem Bett und wärmst beide Seiten abwechselnd und versuchst dir damit selbst vorzulügen, dass da eben noch jemand drin gelegen hätte. Dieser Jemand steht nun in der Küche und macht Kaffee für dich. Das Betreten eben dieser während der andauernden Schlaftrunkenheit lässt dich ziemlich fix zurück in die Wirklichkeit kommen, weil nur die kalte und schwarze Brühe von gestern auf dem Tisch steht.

lebe wohl meine heimat

Kleiner Junge, der gerade noch in den Armen seiner Mutter gelegen hat und das verzweifelte Gesicht seines besorgten Vaters flüchtig aus dem Augenwinkel sehen konnte. Lässt zurück, was ihm alles bedeutet hat und verspürt diesen tief sitzenden Schmerz, bei dem Gedanken daran, all die Olivenbäume nie wieder sehen zu können. Kleiner Junge, der nicht weiß, wo sein Bruder ist, weil er für den Kampf um die große Freiheit seine eigene aufgeben musste und unsichtbar für die Gesellschaft wurde. So verlässt er mit all dieser Ungewissheit das Land, welches er so sehr liebte und in dem er sich wünschte, er hätte ein Leben dort leben können. Dieses Leben muss er von nun an woanders fortführen und sein Lachen und all sein Witz lassen niemanden merken, wie viel Trauer in ihm steckt. Nur am Abend kurz bevor er die Augen schließt, denkt er an seine Liebsten und wie es ihnen gehen mag. Er denkt an die Tage, an denen er genug Geld hat, um sie zu besuchen und wieder vereint mit ihnen zu sein, denn keine materiellen Errungenschaften können die Leere füllen, die entstanden ist und jeden Tag ein wenig größer wird. Kleiner Junge muss seine Zukunft allein bestreiten und denkt an seine Familie während er den täglichen Weg zur Arbeit fährt.

vorbei

An den Handschuhen, mit denen du das heiße Blech aus dem Ofen geholt hast, klebt noch immer ein wenig Lasagne. Eine Landschaft aus Tomaten, Hackfleisch und Käse, die dich jedes Mal schmerzlich und immer wieder an den Abend zurückbringt, der euer letzter war, weil in dieser Nacht und an diesem Abend eure Liebe starb und den letzten Atemzug tätigte. Keiner von euch unternahm den kleinsten Versuch eine Reanimation einzuleiten. Zu schwach hingen eure kraftlosen Körper nebeneinander und waren mittlerweile ausgelaugt von den vorherigen Versuchen. Mit jedem Bissen wurde die Kluft zwischen euch breiter und der Spalt öffnete sich so weit, dass ihr euch nicht mehr erreichen konntet. Und mit jedem Schluck Wein wurde das Loch im Bauch größer. Kein Winken zum Abschied, nur stumme und leere Blicke die einander trafen, um sich schlussendlich in der Dunkelheit zu verlieren. Und weil du ihn so sehr vermisst und nicht wahrhaben kannst, dass alles zu Ende ist, schaust du jeden Tag auf dieses verschmutze und leicht muffige Stückchen Baumwollstoff, ohne den Mut aufzubringen all das einfach abzuwaschen und loszulassen, da dir eben nur das bisschen Kruste geblieben ist, was dich an ihn erinnert.

rauch

Die Filter, mit denen du dir deine Zigaretten drehst, liegen auf dem Boden verstreut wie Konfetti von einer Party, die nie stattgefunden hat. Jeder einzelne davon ist ein Satz, ein Streit, eine Diskussion oder ein Lachen. Sorgsam lese ich sie auf und sammle sie in einem großen Behälter. Geduldig zähle ich sie Stück für Stück, um sicherzugehen, wie viele Zigaretten du noch bei mir rauchen kannst, bevor das letzte bisschen Glut ihren Weg in den Aschenbecher findet.

harte hände

Zwischen den dicken Schichten und irgendwo inmitten ihrer Hände, die vom Leben und der ganzen Arbeit hart geworden sind wie ihr Herz, liegt ein kleines Mädchen vergraben, das sich aufgrund all der Überforderungen ein Stück zu weit von sich entfernt hat und im Dickicht des Waldes umherirrt auf der Suche nach dem Weg, der sie dort herausführen kann. An einer Lichtung angelangt hat sie vergessen zwischen Tag und Nacht zu unterscheiden und dreht sich in all ihrer Panik schon seit sie denken kann immer um dieselbe Achse, sodass ihr inzwischen davon ganz schwindelig geworden ist. Verloren geglaubt ist ihre Hoffnung, dass sie irgendjemand finden wird, der es gut mit ihr meint, um sie aus diesem Chaos zu befreien, welches sie nicht ersehnte und für das sie die Schuld nicht auf sich nahm, da andere aus dem Mädchen eine Frau machen wollten, die sie niemals hätte akzeptieren können. Zu stark war stets ihr Wunsch nach Selbstbestimmung und der Freiheit, selbst entscheiden zu können. Und so irrt sie noch immer umher zwischen all den Bäumen und Farnen auf der Suche nach ihrem Platz in der Welt und einer Insel, auf der sie sein darf, wer sie nun mal wirklich ist, um dort Schicht für Schicht ihr Herz zu befreien.

stürzen

In jeder deiner kleinen detailverliebten und fast schon obsessiven Taten kann ich sehen, dass dich diese oft an den Rand des Wahnsinns bringen, über den es dir schwerfällt zu schauen. Klippen und tiefe Schluchten erzeugen in deinem Bauch dieses ungute Gefühl, welches du zwar gerne loswerden wollen würdest und es gleichzeitig brauchst um zu merken, dass du auf dem richtigen Pfad wandelst. Und mit jedem Blick mehr, den du in die tiefen Gräben wagst, wird die Furcht weniger, da diese Bilder und Eindrücke in das tiefe Schwarz dir sehr vertraut vorkommen und es den Anschein macht, als wären sie schon seit eh und je da gewesen. Du weißt, du wirst nicht vermeiden können, den Sprung in diese ungewisse nächtliche Dunkelheit eines Tages doch zu wagen, um schlussendlich zu erfahren, was in dem, was du nicht sehen kannst, verborgen liegt. Ebenso ist dir ganz klar bewusst, dass es keine Möglichkeit gibt, diesen Abgrund Schritt für Schritt zu erkunden, denn die felsigen Mauern sind so glatt, dass sie dich und dein Schuhwerk niemals halten könnten. Während des Fluges, der vielleicht eine Ewigkeit dauert, wirst du all die Kleinigkeiten, die du so sehr liebst, erkennen können, doch nie wirst du diese komplett erfassen.

lebenslauf

Schon während du all das Geschriebene auf dem Bildschirm betrachtest, ziehen sich die Falten über deiner Stirn ganz fest zusammen und Ärger und Wut mischen sich mit Verzweiflung. Was dort geschrieben steht, ergibt für dich plötzlich keinen Sinn mehr, weil dort für dich mehr Chaos als Ordnung herrscht. Dein Leben verläuft weit hinaus über die Seiten, die dein zukünftiger Arbeitgeber gerne von dir sehen wollen würde, da im Leben eben nicht immer alles so verläuft, wie man es sich gerne selbst erwünscht hätte. Und die verschmierte Tinte aus dem Drucker lässt dein Leben auf dem Papier aussehen, wie eine Malerei, die du im Kindergarten mit deinen damaligen Freunden in größter Glückseligkeit und Unbeschwertheit angefertigt hast. Sehnsuchtsverloren blickst du zurück auf diese Phase in deinem Leben, in der dich all das, was jetzt auf dich einprasselt, nicht gekümmert hat und du sowieso keine Ahnung hattest, dass all das überhaupt existiert, oder jemals jemand auf die Idee kommen würde, dich danach zu fragen. Versuch nicht betrübt zu sein darüber, dass die Dinge und all die Stationen sich vermischt haben mit den Farben, die du von dir aus hast nie benutzen wollen, denn für irgendwas sind all die Pinselstriche gut.

depression

Gleißend helles und warmes Licht dringt durch die Fensterscheiben in die Wohnung, die sich in dir versteckt und vor lauter Staub und Schmutz schwer zu erkennen ist, da du es immer wieder aufgeschoben hast, sie zu reinigen. Zustände wie diese gab es nicht immer, denn früher hast du dich sehr bemüht, alles in Ordnung zu halten, selbst wenn der Tag dich dazu zwingen wollte, nur im Bett liegenzubleiben. Das Ankämpfen gegen die leisen Stimmen in deinem Kopf fiel dir zwar jedes Mal schwerer, doch wolltest du nicht wahrhaben, was du bereits eine lange Zeit als Vermutung in den Raum gestellt hast. Trotz dem du versucht hast, alles wegzudrücken, hat sich das Durcheinander dazwischen gedrängt und veranlasst dich nun dazu den Krieg gegen dich selbst nicht länger fortzusetzen, weil all die sorgsam und liebevoll zusammengesammelten und platzierten Gegenstände und sämtliche Möbel langsam und schleichend verstellt wurden, sodass du dich in deinen eigenen vier Wänden nicht mehr zurechtfinden konntest. Die Hilfe, die du brauchst, kannst du dir selbst nicht mehr geben und es fällt dir so schwer, jemanden zu rufen, der dir beistehen würde, um all das Geröll aus deinem Kopf zu entfernen, weil du dich wieder zu Hause fühlen willst.

W

Wo kommst du her und wie lange hast du vor zu bleiben, bis sie dich schnappen und zurück an den Punkt auf dem Zeitstrahl bringen, an den du nicht zurückgehen wollen würdest. Wie lange willst du bleiben, auch wenn alles schon unter dem Schutt, den Entbehrungen und all der Anstrengung eingesunken ist. Was hält dich hier in dieser Umgebung, die dir gegenüber so feindselig ist und dich, wenn sie es einfach könnte, roden würde wie den Regenwald. Was bleibt dir übrig, wenn du nicht weißt, wohin du noch gehen kannst, da du alle Orte bereits probiert, gesehen und hinter dir gelassen hast. Wo kannst du Unterschlupf finden, wenn die ganzen Stürme, die Nacht um Nacht wüten alle Palmen und damit auch das ganze Paradies haben einstürzen lassen. Wofür bist du denn überhaupt noch bereit in dieser Gefahrenzone, die dich lehrt, das Atmen und all den Genuss zu vergessen, da dir sämtliches Anrecht dafür abgesprochen wird. Wer kann an deiner Seite wandern, damit dir all die komplizierten Kleinigkeiten, die bereits ein Großes ergeben haben, ein wenig weniger schwerfallen werden. Worauf hast du dich gefreut, als dich deine Beine zum allerersten Mal auf dieser Erde tragen konnten und du einfach gerannt bist, obwohl du nicht wusstest, wie es geht.

er liebt sie nun mal

Zögerlich betrachtete er die Frau, die neben ihm lag und deren Atmung so ruhig war, dass er kaum wagte, sie anzusehen, aus Furcht, er könnte sie wecken. Für einen Moment war eine Friedlichkeit zu spüren, die für ihn nicht selbstverständlich war, aber die er dadurch umso mehr genießen konnte. So streckte er langsam seine Hände hervor und fuhr zögerlich und genüsslich mit seinen Fingerkuppen die Knochenstruktur ihres Kiefers ab, da er so viel Schönheit in diesem sehen und fühlen konnte. Der zarte Flaum auf ihrer Haut stellte sich auf und sie begann sich sanft zu bewegen. Er nannte sie schön, auch wenn ihr Verhalten ihm gegenüber so oft hässlich war. Nie konnte er es ihr lange übel nehmen, war sie doch die einzige Frau, die er je begehren konnte und wollte. Selbst wenn ihre Worte ihn so hart trafen, dass es ihm sichtlich schwerfiel, die Tränen zurückzuhalten, liebte er sie noch mit jeder Faser seines Körpers und versäumte ihr mitzuteilen, wie es ihm wirklich ging. Manchmal fühlte es sich an, als sei er eingesperrt in ein Gefängnis, aus dem er nie wieder entkommen konnte, da ein Gericht ihn dazu verurteilte, für immer dort zu bleiben und es keine Möglichkeit gab, die Zelle je zu verlassen. Tröstlich war für ihn nur, dass sie dann für immer bei ihm war.

unsichtbar

Eskalation bahnt sich den Weg, angehäuft durch stumme Emotionen, die sich seit dem letzten Treffen im Herbst sammelten, wie ein großer Haufen Blätter, die die Baumkronen viel zu früh verlassen haben und nicht mehr an das Gefühl erinnern können, welches wir hatten, als wir im Sommer im Park lagen. Eingeigelt in eine Festung erbaut aus Decken, Vorhängen und Silberfolie fristen wir unser Dasein in der Hoffnung, dass sich alles zum Guten wenden wird, wenn wir beide nur lang genug hier sitzen bleiben werden, obwohl die Stille durch all unsere Lethargie unerträglich geworden ist. Erleuchtete Räume, die gefüllt waren mit dem Licht, welches unsere Herzen einst füreinander hell haben scheinen lassen, sind nicht mehr zu finden, was wohl daran liegt, dass wir uns schleichend verloren haben zu einer Zeit, in der wir uns hätten aneinander klammern sollen. Und so sind die Schreie nicht laut, sondern versiegen tief in unseren Gedärmen, wo sie bereits so viele kleine Risse hinterlassen haben, dass Nadel und Faden sie nicht wieder zusammennähen können. Mit jeder geräuschlosen Demonstration vergrößerten sich die Wunden und unsere leeren Körperhüllen wurden so durchsichtig, bis wir uns endgültig voneinander losgesagt hatten.

wer bin ich

Das Nass aus den Rohrleitungen trifft hart auf den Boden der Keramik, bis sich eine kleine Pfütze gebildet hat, deren heißer Dampf aufsteigt und schnell die Spiegel im Zimmer beschlagen lässt. Die Farbe deiner Augen zeichnet im Wasser der Badewanne ein Abbild und je länger du dich selbst auf diese eigenartige Art und Weise betrachtest, umso mehr fällt dir auf, wie wenig du eigentlich von dir weißt und wie wenig du dich selbst fragst, wer du denn in all der Zeit geworden bist. Dein Gesicht ist das eines Fremden, der dir zwar irgendwie bekannt vorkommt, du dich aber nicht daran erinnern kannst, wo ihr euch hättet begegnet sein können. Selbst die kleinen und feinen Narben, die sich in unregelmäßigen Abständen über deine Haut erstrecken helfen dir nicht dabei, dich mit dem zu identifizieren, was du schon seit Ewigkeiten siehst. Die Krater, Furchen und Falten zeigen dir, dass du schon eine Weile hier bist und sich das bisherige Dasein in den Dellen und der Beschaffenheit deiner grauen Hautoberfläche niedergelassen haben. Und jede kleine Bewegung durch deine Hände, lässt die Oberfläche dieser Flüssigkeit sanfte Wellen schlagen, die dich beruhigen, da dieses klare Bild von dir sich in der Schwingung verliert.

fallen

Vorzugsweise stolpere ich durch meinen Alltag, der meist viel früher beginnt, als mir lieb ist. Aber weil ich schaffen will, was ich eben schaffen muss, bewege ich meinen müden Hintern aus dem Bett und strecke mich entlang meines riesigen Balkons dem herrlichen Regentag entgegen. Eben weil ich es mit dem Laufen auf gerader Strecke nicht so habe und mir das alle anderen aus Höflichkeit verzeihen, kann ich mich getrost in meiner mühevoll antrainierten Schusseligkeit suhlen, ohne dabei ein schlechtes Gewissen zu haben. Mit dieser Fähigkeit wickle ich Männer und Frauen um den Finger und bin stets bemüht, nicht aus meiner Rolle zu fallen, aus Scham davor entlarvt zu werden. Begünstigt wird mein Verhalten durch die Tatsache, dass diese Masche schon so lange ziemlich gut funktioniert und ich den Vorteil des Mitleids, welches meine Umgebung mit mir hat, vollends auskosten kann. So stolpere ich über Steine, Bordsteinkanten, und Treppenabsätze um es mir in meinem Leben ein klein wenig einfacher zu machen, da mich die Menschen in der Regel nicht mit Aufgaben betrauen, die ich rein theoretisch umsetzen könnte. Sind meine Knie auch noch so wund vom fallen, werde ich dieses kleine Opfer noch eine Weile in Kauf nehmen.

kaugummi und menschen

Verschwitzte Leiber kleben auf dem heißen Asphalt wie der vertrocknete Kaugummi in den Haaren eines kleinen Mädchens, das mit tränenüberströmtem Gesicht auf dem Schoß ihrer Mutter sitzt. Langsam überrollt von der Intensität der Sonne beginnt sich die Formation aufzuspalten, um in immer neuen Gegenden ein neues Territorium zu erschließen, welches ihnen nicht gehört und sie es dennoch an sich reißen, so als wäre es ein Zustand der Normalität. Eingetrocknete Speichelreste finden ihren Weg in die einzelnen Mundwinkel und verharren dort wie feine Salzkristalle, die den Weg zurück ins Meer nicht finden werden. Das Mädchen wiederum versucht mit aller vorhandenen Gewalt, die sie in ihren jungen Jahren und mit ihren kleinen Fingern aufbringen kann, alles von ihrem Kopf zu lösen, was dort nicht hingehört. Mutter eilt hastig zu ihrem Smartphone, um sich nützliche Tipps aus dem Internet zu holen und verliert sich augenblicklich in den Angeboten der Werbung, die so perfekt für sie zugeschnitten sind und ihr Herz höher schlagen lassen, um ihre Kreditkarte bis ans Limit zu erschöpfen. In all ihrem Eifer und in all ihrer Wut hat sich das Mädchen alle Haare ausgerissen und der Kaugummi steckt wieder in ihrem Mund.

die eine

Jonathan war von Babette so sehr angetan, denn es gefiel ihm wie hübsch sie aussah, wenn sie an ihren Fingernägeln knabberte, die von den vielen Strapazen schon ganz wund gebissen waren. So nahm er ihre Hände und betrachtete das Werk, bei dem sie sich so viel Mühe machte und welches sie mit einer Hingabe ausübte, die er so zuvor noch nie erlebte. Das war der Moment, an dem er sich Hals über Kopf verliebte.

vergeblich gedüngt

Du und ich, wir sind wie die vertrocknete Pflanze, die uns schon seit so vielen Umzügen begleitet und von der wir uns einfach nicht trennen können, selbst wenn ihre Stängel und Blätter klein und mickrig sind und davon zeugen, dass wir vergessen haben, uns gut und gewissenhaft um sie zu kümmern und sie mit allem zu versorgen, was ihr gut täte. Egal, wo wir sie platzieren und egal wie sehr wir versuchen, ihr ausreichend Wasser und Sonne zu geben, will sie nicht gedeihen und sieht gefühlt schon immer so aus, wie sie aussieht. Auf dem Boden liegen abgefallene Blätter, die nach langem und kräftezehrendem Kampf abgestoßen wurden. Wir lassen sie dort liegen, bis sie ihre Form verlieren und eins werden mit all denen, die vorher schon dort lagen. Der Boden des ehemals Grünen hat sich zu einem Friedhof gemacht, deren Tote niemand mehr zählen kann und die in Vergessenheit geraten sind. Belanglos sind sie gekommen und gegangen. So wie sie sind auch wir. Schaffen es nicht, uns voneinander zu lösen, obwohl kein Dünger der Welt bewirken könnte, dass unsere Liebe erneut Keimlinge aus der Erde pressen könnte. Vergeblich versuchen wir zu retten, was zu retten ist und scheitern bereits an Kleinigkeiten.

grau

Schleichend bewege ich mich durch die endlos langen Wartehallen und habe vergessen, warum ich überhaupt hier bin und was mich dazu veranlasst hat, hier zu landen. Monotonie in meinen Bewegungen, von denen jede die Grenze meiner körperlichen Belastbarkeit auslotet und mein Gesicht schmerzverzerrt zurücklässt. Menschenleere Korridore wohin ich meine Augen wandern lasse und keine einzige Person, die ich fragen könnte, wohin ich gehen muss oder besser noch, wie ich hier wieder rauskomme. Gefühlte Stunden, in denen ich Schatten an jeder Tür sehe, die auch nur einen kleinen Spalt breit geöffnet ist, nur um festzustellen, dass ich allein bin oder zurückgelassen wurde an diesem trostlosen Ort, der nicht mehr davon zeugt, dass überhaupt jemand irgendwann hier war. Das dünne Hemd an meinem Leib ist vom umherfliegenden Staub ganz verschmutzt und der weiße Stoff hat sich in einen grauen Schleier verwandelt und zeigt nach außen, wie ich mich bereits innerlich fühle. Gespenstisch verbinde ich mich mit jedem Schritt mehr mit den Wänden, die die gleiche Farbe wie mein Hemd tragen. So wandle ich immer neu und ohne Pause durch dieses Labyrinth, von dem ich nicht weiß, wer es erbaut hat.

du und ich

Ich und du, mal flüssig wie Wasser, welches aus einer Quelle entspringt und in einem riesigen Meer endet. Du und ich fest wie Gestein, das sich nicht vom Felsen lösen lässt und bereits seit Jahrtausenden existiert und nicht abgetragen werden kann. Wir beide so fest und dicht aneinander gedrückt, dass selbst die Beschleunigung der Zentrifuge uns nicht in eine tiefe Ohnmacht fallen lässt, bevor uns Schwindel und Brechreiz ereilen. Du, stets fest verankert wie ein Haken, der durch sämtliche Hautschichten gebohrt wurde und dich über den Bäumen baumeln lässt, um dir das Gefühl zu geben, dass die Schwerkraft dir nichts anhaben kann. Ich wiederum bin die Feder, die aus einem dicken Daunenkissen gezupft wurde und die es dahin verschlägt, wo der Wind sie hintragen wird. Ich und du sind umklammert, während die Hitze uns in das trockene Gras einbrennt, bevor wir in die totgeglaubte Erde eintauchen, um uns vor der Sonne zu schützen. Du und ich wie ein Gletscher, der sich in die Fluten fallen lässt, wenn er sich nicht mehr halten kann. Wir sind mal hundert Prozent und manchmal stehen alle Zeiger auf null, um den Akku aufzuladen. Mal sind wir heiß, mal sind wir kalt und mal sind wir ein Zustand, der sich irgendwo dazwischen befindet.

niemandsland

Grenzübergänge durch den Wind verwüstet, der so stark
wehte und nicht aufhören wollte, alles in seinen Strudel
gefangenzunehmen, was sich nicht gut genug festhalten
konnte. Optionen und Chancen über Schwellen getragen, die
die langen Gliedmaßen nicht überbrücken konnten.
Sinnverloren über sämtliche Hürden gesprungen, obwohl
die frische Luft so sehr in den Lungenflügeln brannte, wie
die Flammen, die deinen Block vernichteten. Für die
Ewigkeit die Knotenpunkte in den Abgrund sinken lassen,
die irgendwann in einer weit entfernten Zeit von einer neuen
Bevölkerung und von einer neuen Spezies gefunden werden
und davon zeugen werden, wie schön und wie hässlich alles
einst war. Aufsteigende Blasen setzen sich allmählich ab, um
den Weg an die Oberfläche zu finden, an der sie sich auflösen
und zu einem großen Nichts werden. So ziemlich alles
weggefegt von der lauen und warmen Luft, mit der alles
begann und von der wir dachten, sie würde sich nie zu einem
Sturm entwickeln. Unter den Dächern aus morschem Holz
versuchen wir nun, uns zu verstecken und warten voller
Hoffnung auf einen neuen Anfang in der Welt, wie wir sie
nicht kennen. Dieser Neuanfang ohne die Option
umzukehren, wenn es uns nicht gefällt.

deine füsse

Das Bad ist mein geheimer Rückzugsort, wenn ich dich vermisse oder mich eine kleine Traurigkeit ereilt, weil du nicht hier bist. Diese paar Quadratmeter sind ganz besonders für mich, da ich hier deinem Körper sehr nah sein kann, auch wenn du nicht in meiner Nähe bist. Abgeschnittene Zehennägel liegen überall verstreut auf dem Boden und ordnen sich an wie ein Muster, welches einem Mosaik gleicht. Ein großer Teppich aus Resten von Keratin und Zellbestandteilen, die dir gehörten und welche du jetzt abgestoßen hast, weil sie dich zu ungepflegt haben erscheinen lassen mischen sich mit der Hornhaut, die du unter dem Einsatz deiner ganzen Körperkraft mühselig von deinen Ballen gehobelt hast. Manchmal zerreibe ich diese feinen Partikel wie Staub zwischen meinen Fingern, da ich dich so zumindest irgendwie berühren kann. Ich bin gerne in diesem Zimmer und betrachte die vielen einzelnen kleinen Stückchen und entdecke täglich zwischen den Ritzen und in den Fugen der Fliesen neue Reste, die mir vorher nicht aufgefallen sind. Ganz viel von dir passt in diesen kleinen Raum und mischt sich mit meinem eigenen Duft, den ich nach dem morgendlichen Erwachen wahrnehme.

was echt ist

Es kann sein, dass alles, was wir zusammen erlebten nur eine Illusion ist, bevor deinem und meinem Gehirn bewusst wird, dass die Realität ganz viele Schrammen und Kratzer besitzt und eben all die Träume, Wünsche und Hoffnungen nur existierten, weil wir es wollten. Dieses Wollen war so stark, dass dort kein Platz für ein vielleicht oder mal sehen war, sondern all der Druck, den wir uns selbst zuzuschreiben hatten, sich am Ende verflüchtigt hat wie ein billiges Parfum. Rauchschwaden steigen auf, da du und ich entschieden haben, sehen zu wollen, was unter der ganzen Erde und zwischen all den bunten Umrissen liegt. Stirn an Stirn und mit geschlossenen Augen setzen wir uns der Hitze aus, sprechen uns Mut zu und dass wir danach immer noch genauso sitzen werden. Deine und meine unruhige Atmung und das zu schnell pulsierende Blut in unseren Adern, die jetzt zu einem einzigen Strom geworden sind. Von diesem lassen wir uns wegspülen und den gemeinsamen Körper kühlen, der vom Feuer ganz heiß geworden ist. Wir erwischen den Ast, den wir greifen können und der zwischen all den Pflanzen verborgen liegt. Genau an diesem Platz werden wir anfangen und neue, noch schönere Illusionen erbauen.

zukunft

Zeit verstreicht während ich in der Küche sitze, meinen Blick tief in die Tasse vor mir richte und hoffe, dass ich zwischen all dem Milchschaum und dem Espresso die Zukunft in all dem lesen lernen werde. Jedoch erkenne ich keine Bilder, nur kleine Blasen und dieses Gemisch aus dunklem braun und weiß und den Dampf, der von dem wärmenden Getränk aufsteigt und aus dem geöffneten Fenster entweicht. Bilder und mögliche Assoziationen kommen mir nicht in den Sinn und aus diesem Grund trinke ich alles in einem Schluck aus, man könnte sagen, ich verleibe mir die Zukunft, die ich eh nicht sehen kann ein und merke wie sie meine Speiseröhre hinunter bis zu meinem Magen gleitet. Ein kurzer stechender Schmerz in meinem Bauch, danach der Blick aus dem Fenster um dem Treiben auf der Straße vor meinem Haus Aufmerksamkeit zu schenken. Ich weiß nichts mit mir anzufangen und ich habe auch keinen Plan davon, wohin mich meine Reise tragen wird, obwohl ich es so gerne wissen wollen würde. Was wohl mal aus mir wird, wenn ich größer geworden bin und wenn mich eine gewisse Weisheit ereilt hat. Solange das nicht eingetreten ist, werde ich weiter hier sitzen und meine Zeit verschwenden mit einem Hauch Sinnlosigkeit.

flucht

Stunde um Stunde überlege ich, wie ich dir entkommen kann, ohne das du mich verfolgen wirst, um mich wieder einzusperren. Und Stunde um Stunde habe ich neue Pläne, die so schnell scheitern, wie sie mir in den Sinn kamen. Du sitzt auf der Couch und deine Augen bewegen sich synchron zu den Bildern, die du im Fernsehen siehst. Stunde um Stunde wechselst du das Programm, obwohl eh immer dieselben Sendungen deinen Verstand aus dem Jetzt ziehen. Lediglich, wenn ich mich bewege, wendest du deinen Blick ab, nur um zu sehen oder womöglich zu erahnen, was ich vorhaben könnte, um dir zu entfliehen. Stunde um Stunde springe ich aus dem Fenster, um wegzulaufen. Ich schmeiße mich mit voller Wucht durch die dicken Glasscheiben, auch wenn ich Angst vor den Verletzungen habe. Jeden Tag denke ich daran mich auf eine Art und Weise zu verabschieden, deren Tempo du nicht begreifen kannst. Verschwinden, und zwar so weit weg, dass du mich niemals einholen könntest. All das geschieht leider nur in meinen Gedanken und alle möglichen Optionen spiele ich durch, bis ich den innerlichen Durchbruch habe. So lange warte ich und schaue dir dabei zu, wie dein Blick ohne ein Wort zu mir auf den Fernseher gerichtet bleibt.

blut im feld

Gleichschritt auf den Feldern, die wir schon so häufig gemeinsam durchqueren konnten und in denen wir uns auch in der Nacht orientieren können. Wie oft haben wir die Oberfläche unserer Haut an den spitzen Dornen der umliegenden Pflanzen verletzt und wie oft blieben die Tropfen von Blut an den Blättern hängen, als hätten wir sie markiert, damit jeder sehen kann, dass sie uns beiden gehören. Noch heute versuche ich diese Plätze so oft es geht aufzusuchen, um mich an die gemeinsame Zeit zu erinnern, die viel zu lange schon ihren Weg in die Vergangenheit gefunden hat. Auch an diesem Tag sehe ich die trockenen Stellen zwischen all dem Grün und kann mich zurückdenken, wie du dir diese Schramme zugezogen hast. Wie eine Kassette, auf der meine liebsten Lieder vereint sind, spule ich immer neu zurück, damit mich das Vergessen nicht ereilen kann. Ich sehe deine dünnen Beine, wie sie sich schnell bewegen und höre das Stampfen deiner Füße auf dem, durch den Regen getränkten, Boden. Ich weiß auch, dass du in diesem Feld verschwunden bist und ich allein den Weg zu angrenzenden Straße gefunden habe. Vergeblich habe ich dich gesucht und nie gefunden. Die Blätter mit deinem Blut sind allein mir geblieben.

reste

So wie sich die Motten an den Stoffen in deinem Schrank zu schaffen machen, so sehr fühle ich mich bei dir als wäre ich auch nur Baumwolle. Als hättest du mich günstig gekauft, ein paar Mal getragen und dann bin ich im Schrank zwischen all dem anderen Abgetragenen platziert worden. Und du würdigst mich keines Blickes mehr, weil du mich zu oft schon gewaschen hast und ich von all dem an Substanz verloren habe und dadurch ganz dünn geworden bin, sodass du mich nicht mehr schön genug findest, um mich an deinem Körper zu tragen. Ich liege hier und warte darauf, dass sich die Löcher vergrößern, eben weil die Motten kommen, um mich zu zerlegen und um dir in die Karten zu spielen, damit du dich nicht um meine Entsorgung kümmern musst. All das Graben in den Wäschebergen trägt mich weiter nach unten, jedoch bin ich nicht schnell genug, um dem zu entwischen, was mich ereilen wird. Hättest du mich damals doch einfach liegen gelassen und mich nur nie mit zu dir nach Hause genommen. Dann hätte ich nie erfahren, wie sich deine Haut angefühlt hat und ich hätte mir nie gewünscht, mich für Ewigkeiten an dich zu schmiegen. Für dich war ich nur ein Shirt, aber für mich warst du alles.

falten und dellen

In den Tränensäcken unter meinen Augen sehe ich ganz viel von dem Kummer, den wir uns gegenseitig zugefügt haben und gleichzeitig auch die Zeit voller Glück, Liebe, Streit und Gemeinsamkeit und wie viele Jahre ich schon mit dir verbringen darf. Und unter den dunklen Schatten in meinem Gesicht verteilt liegen viele kleine Schneisen, die ich auch ohne dich sicher bekommen hätte, nur eben später.

zugemauert

An der Tür zur Pforte haben sich bereits vor Monaten die Spinnen eingenistet und gekonnt in aller Seelenruhe ihre Netze gesponnen, die nicht zu durchdringen sind. Vor dieser Höhle liegt die Welt und dahinter liegt alles von mir. Alles von dem, was ich nicht mehr teilen möchte, da mir die Vergangenheit zeigte, es ist all die Mühe nicht wert. Und so ließ ich die Tiere die Oberhand über mich ergreifen und lieferte mich ihnen aus, weil ich so oder so nichts mehr zu erwarten hatte, nichts mehr erwarten wollte. Ich bin Wüste, weil ich selbst die Trockenheit und all den Staub in mir fühlen wollte, da mich nur dieses Klima schützen konnte vor allem, vor dem ich mich zu fürchten gelernt hatte und keine Therapie auf dieser Welt mein Verhalten ändern könnte, da es sich viel zu sehr in meinen Grundprinzipien verankert hatte. So wurden die Spinnen zu meiner Familie, die ich nicht wollte, aber dringend brauchte, damit sie mich bei dem Vorhaben unterstützen, den Eingang zu meiner Welt zu versiegeln. Nun lebe ich allein, so wie ich es mir wünschte und versuche meine bittere Stimmung nicht zum Alleinherrscher meines Alltags werden zu lassen, einfach nur, damit sich noch irgendwas lohnt, abgesehen davon, den ganzen Tag mit den Spinnen zu sprechen.

mit punkt und komma

Gezogene Schlussstriche, die nichts mit dir zu tun haben, weil du das bist, unter das ich keinen Strich, keine Linie und hinter die ich keinen Punkt setzen will. Vielmehr will ich drei Punkte setzen, damit der, der das lesen wird weiß, dass diese Geschichte einen offenen Ausgang haben kann oder sogar haben wird. Möglich, dass wir glücklich werden und denkbar, dass alles ganz anders kommt. Moderne Geschichten inspiriert von Märchen, ähnlich traumhaft und gleichzeitig mit der richtigen Portion Realität. Und hinter jedem Satz und jedem bisschen Stoff zur Diskussion mache ich dicke Ausrufezeichen, die weder du, noch diejenigen, die alles durch meine Schriften verinnerlichen, ignorieren können. So funktioniert nun mal die Struktur von unseren Texten und den Wörtern, die wir uns gegenseitig zuschmeißen und von denen wir glauben, sie sind wichtig, selbst wenn sie es nicht sind. Durch all diese kleinen feinen Striche, Punkte und Sonderzeichen werden du und ich lebendig und ich kann deine Stimme, die mir vorliest, förmlich hören, während die vielen Buchstaben und Silben deinen Mund verlassen, um mich zu erheitern, zum Heulen zu bringen oder mich schlicht und ergreifend nachdenklich zu machen.

tropfen für tropfen

Speichelleckend stehst du vor dem Schaufenster und ergötzt dich an den Bildern, die von Leid und Brutalität geprägt sind. In deinem Kopf diese leise Stimme, die dir zuflüstert, dass es schon richtig so ist und jeder verdient, was er eben deiner Meinung nach verdient. Nicht immer warst du geprägt von diesen Ansichten. Erst im Laufe der Zeit und da du dir keine Mühe mehr gegeben hast, nach Perspektiven, Chancen und einer gewissen Motivation zu suchen haben sich diese Gedanken in deinen Kopf gepflanzt. Möglich, dass der Umgang, den du pflegst ein wenig zu viel auf dich eingeredet hat und all das, was du nun von dir gibst nicht deine, sondern ihre Meinung ist und du schlussendlich keine Ahnung hast, über was du dich eigentlich den lieben langen Tag äußerst. Doch wer aufhört zu wollen, selbständig zu denken und nach dem Weitergehen sucht, scheint früher oder später dort zu landen, wo du gerade stehst. Die Unwissenheit und das Geschwafel haben Löcher in deinen Kopf gefressen, wie bei einem Käse, der lange reifen konnte. Nur das du und all das, was du geworden bist, nicht schmeckt und weit entfernt davon ist, köstlich zu sein. So bleibt dir nichts, als das bisschen Spucke, dass deinen geöffneten Mund verlässt.

abseits der welt

Jochen erdrückte Bettina so sehr mit seiner Liebe, dass sie sich kaum noch traute, sich frei in der Wohnung zu bewegen und die Angewohnheit hatte, auf Zehenspitzen über den kalten Fliesenboden zu laufen, damit sie Ruhe finden konnte. Seitdem es einst, auch wenn nur ganz kurz, einen anderen Mann für Bettina gab, mit dem sie Jochen heimlich betrog, veränderte sich die Leichtigkeit, die beide einst hatten. Auch wenn er ihr verzeihen konnte, so trug er nun immer die Vorsicht mit sich herum, alles könnte sich irgendwann wiederholen. Dadurch war er immer da und immer an ihrer Seite, bei jedem ihrer Schritte, selbst wenn sie nur kurz zum Kühlschrank gehen wollte. Da sie Mitleid mit ihm hatte und sich dachte, dies sei alles normal, hielt sie den Alltag so gut es geht aus und machte ihm niemals Vorwürfe, auch wenn sie häufig der Verzweiflung sehr nahe war. Nur in der Nacht, wenn er tief schlief, schlich sie sich aus dem Bett und entschwand in ihre eigene Welt, die abseits von ihrer gemeinsamen stattfand. In diesen paar Stunden schaute sie nicht nach anderen Männern im Internet, sondern begnügte sich lediglich damit in ihrer Unterwäsche Eiscreme zu essen oder sich einige Castingsendungen anzusehen, die sich in ihre Erinnerung brannten.

schlaflied

Irgendwo zwischen Couch und Küche fällst du in einen seichten Schlaf, obwohl draußen endlich der Frühling angekommen zu sein scheint und du endlich die Zeit und auch die Muße hättest nach draußen zu gehen. Doch du entscheidest dich anders und schließt die Augen um lieber in diesen leichten Halbschlaf zu fallen, bei dem dir immer die schönsten aber auch seltsamsten Ideen und Fantasien in den Kopf steigen. Und irgendwie zwischen schlafen und wach kommt dir dieses Lied in deinen Kopf, dass niemand bisher gesungen hat, denn du hast es allein und heimlich geschrieben. Besser gesagt, dein Unterbewusstsein hat es verfasst, als du selbst nicht richtig da warst. So beginnt dieses Lied von der Dunkelheit und weil dein halber Traum mit dir durchgeht, wiederholen sich all die Worte vor einem Bild der aufgehenden Sonne am Horizont. Und all das Licht und all das Schwarz bilden zusammen einen großen Kontrast, der irgendwann aus dem Nichts kam. Dieser komische Ausflug in dein Inneres lässt dich schnell wieder erwachen und ein wenig bist du belustigt und eine kleine Weile auch irritiert, da du dir nicht erklären kannst, wo das denn eben herkam, geschweige denn, was dich dazu inspiriert haben könnte urplötzlich Melodien und Reime miteinander zu verbinden.

wärme

Ich packe den Pullover aus, den ich erwählt und dann bestellt habe in einer Größe, die weit entfernt von meinen eigentlichen Körpermaßen ist, um darin verschwinden zu können, wann immer ich möchte. Bewusst wählte ich dunkle Farben, damit ich für diesen Fall, der sicher bald eintreffen wird, etwas mehr Dunkelheit in diesem Kokon habe und mir noch mehr klarzumachen versuche, dass ich dort zwischen der Baumwolle und dem Polyester so sehr geschützt bin, dass mich nichts berühren kann. Niemand wird erkennen können, wie viel von mir hinter dem Stoff verborgen liegt, da nicht zu erahnen ist, wann ich aufhöre oder der Pullover anfängt. In meiner Vorstellung ist es so viel mehr als ein Kleidungsstück, denn es ist Heimat und es schützt mich vor Kälte. Ebenso ist es meine Decke, die ich von nun an immer bei und an mir tragen kann um mich an Orten einzukuscheln, die überhaupt nicht kuschelig sind. Ich werde ihn so lange tragen, bis er mich nicht mehr tragen kann, weil die auftretenden Löcher und das Leben, dass in ihm stattfinden wird, nach einer Weile seinen Tribut fordern und sich die vielen kleinen Fäden auflösen werden. Mein Zuhause wird sich verändern, doch ihn nehme ich von nun an für immer mit.

bettmensch

Zwischenmenschlich und zwischen den Zeilen unserer liebevollen Zuneigung zueinander essen wir beide Zwetschgenkuchen im Bett und bei jedem Bissen bleibt etwas an der Oberfläche unserer Zähne kleben. Ruhe umgibt uns und wird einzig und allein durch das Zwitschern der Vögel und dem Zirpen der Grillen unterbrochen. Die Zehen unserer beider Füße berühren sich und zärtlich erkunden wir uns auf diese Art und Weise bis dir und mir vor lauter Zuckerguss nur ein lautes Lachen entweicht. Blass und zartrosa scheint die abendliche Sonne immer schwächer in unser Zimmer, welches wir zusammen erbaut haben und in dem ganz allein der Zauber von uns Beiden lebt. Die Schatten an der Wand zeichnen die Silhouetten von unseren Körpern, die durch all die Süßigkeiten und durch all den Zucker ganz furchtbar aufgeladen sind. Zeit spielt keine Rolle mehr und so zerberstet Stunde um Stunde und Minute für Minute. Wir zelebrieren das Nichtstun und jeder Zentimeter von uns rückt näher zueinander, bis keine Lücke mehr zwischen uns ist, damit wir uns spüren können und merken, wie zerbrechlich all das doch ist. Die Kopfkissen zerdrückt von all dem Liegen träumen wir uns zusammen in den Schlaf.

ich weiss nicht

Ahnungslos bin ich heute und ich war an diesem Punkt bereits vor zehn Jahren. Nichts hat sich verändert, wenn ich daran denke, wie viel Unwissenheit ich mit mir trage. Nicht, weil ich nicht wissen will, sondern weil ich, auch wenn ich mich schlau mache, theoretisch zwar eine Ahnung habe, aber praktisch dennoch keine Erfahrung vorweisen kann. Ich bin in diesem Körper und ebenso auf meinem Ausweis schon ziemlich erwachsen und darf alles tun, was ich gerne möchte. Viele Momente bringen mich aber zurück und machen mir klar, dass ich immer noch ein kleines Kind bin, welches Dinge noch nicht erlernt hat, weil die Zeit dafür noch nicht reif ist. All das macht mich so unbeholfen und auch wenn ich möchte, mache ich manche Sachen nicht, da ich nicht versagen möchte oder mir mein Perfektionismus nicht in die Karten spielt. Diese Plattform auf der ich mich drehe will kein Stück weiter wandern, ich bin nämlich, auch wenn ich noch jung bin, schon sehr eingerostet und die ganzen Reparaturen würden eine Menge Zeit in Anspruch nehmen. Und diese will ich mir nicht geben und weil ich sie mir nicht gebe, kann auch absolut nichts passieren. Irgendwann muss ich und dann hoffe ich, ich kann die ganze Ahnungslosigkeit hinter mir zurücklassen.

sie und er

Sie sah ihn auf ihrem Arbeitsweg. Er konnte die Augen nicht von ihr lassen. Sie blieb schockverliebt stehen. Er trat in Hundekot, weil er sie so schön fand und nicht darauf achtete, wohin er lief. Sie ging auf ihn zu. Er tat dasselbe mit schnellem Schritt. Sie stand ganz nah bei ihm. Er presste seine Nase gegen ihre Stirn. Sie wollte seine Hand ergreifen. Er jedoch wollte sie in seinen Armen. Sie blieb regungslos stehen. Er umgriff sie immer fester. Sie vergaß die Zeit und wohin sie wollte. Er schloss seine Augen für den Moment. Sie ließ ihn los. Er ergriff rasant ihre Hand. Sie hatte Tränen in den Augen. Er wischte diese für sie weg. Sie drehte sich um und ging. Er blieb stehen und schaute ihr nach. Sie lächelte aus vollem Herzen.

pfand

Pfandflaschen liegen verteilt auf dem Boden in jedem einzelnen Zimmer wie ein Teppich gewebt aus Plastik und Glas. Und bei jedem Schritt bohren sich Scherben, Splitter und Überbleibsel in meine Fußsohlen. Und irgendwie habe ich mich aus Faulheit und aus meiner anhaltenden Lethargie daran gewöhnt. Der Schmerz, der entsteht während sich alles durch die feste Haut bohrt, tut nicht mehr so weh, wie noch am Anfang, vielmehr ist daraus ein Gefühl der Gewohnheit entstanden und ein Zustand, der zu meinem Alltag gehört, wie das tägliche Zähneputzen oder das Kämmen meiner Haare. Dieser Teppich erinnert mich an dich, an mich und überhaupt an all die Zeiten, in denen es schön war und an denen dieses kleine Nest mit Leben gefüllt werden durfte. Und weil an allem viele Teile meines Lebens hängen, bringe ich es nicht übers Herz, alles Liegengebliebene zum Supermarkt zu schleppen und mich all dem Stück für Stück zu entledigen. Stattdessen lege ich mich so oft ich kann und wann immer es mir schlecht geht dazwischen, um ein klein wenig Vergangenheit in das Jetzt zu bringen, das für mich schon irgendwie trostlos geworden ist und es mir so unglaublich schwerfällt, mich aus diesen Gefühlszuständen zu befreien.

auf dem land

Gefangen in dem kleinen Dorf, bis auf alle Ewigkeit und ohne die den Lichtblick, es da jemals rauszuschaffen, sitzt du in deinem Zimmer und schreibst in dein Tagebuch, weil du dich wieder mal verliebt hast und es dieses Mal ganz sicher so eine große Verliebtheit ist, dass diese durch nichts erschüttert werden kann. Das hält so lange an, bis dir jemand nur kurz ganz schöne Augen gemacht hat, oder besonders nett zu dir ist. Was gestern noch niedergeschrieben stand, ist heute nicht mehr wahr. Es war bloß ein Ausrutscher. Nur kurz verirrt, weil dir schnell klar wurde, dass diese Beziehung niemals gut werden würde. Neue Augen lösen noch stärkere Gefühle aus. Und weil du träumst, dass diese Liebe sicher bald erblühen wird und sich in vielen und vor allen langen glücklichen Endszenarien wiederfinden wird, kommt dir das Leben auf dem Dorf auf einmal nicht mehr so schlimm vor. Du und sie oder er könnten sicher glücklich werden, in einem kleinen Haus am Stadtrand. Und beide werdet ihr Jobs haben, die ihr nicht machen wollt, aber immerhin habt ihr euch und die Ausflüge zum Supermarkt. Es wird schön sein, so wie in deinen Gedanken und in den Träumen, die in deinem Tagebuch stehen.

punk

Neue Stadt und altes Ich, oder vielleicht eher ein Ich, das noch keine Ahnung hat, was es mal werden soll oder wird, in einer Zukunft, die aktuell noch nicht so klar definiert werden kann. Du kannst alles sein an diesem neuen Ort und du entscheidest dich Punk zu werden, obwohl du eigentlich kein Punk bist, aber irgendwie scheint die Stadt zu suggerieren, dass man das hier zu sein hat. Du färbst dir die Haare rot und trägst Jeans mit maximal einem Loch auf der Höhe deiner Kniescheiben. Das und die leuchtenden Haare sind für dich schon extrem genug. Und du tanzt zu der Musik, die dir gefällt, aber im Grunde nichts mit deinem Herzen macht. Du zappelst einfach, weil alle anderen, die du toll findest sich auch dazu bewegen. Und all das Bier trinkst du in ganz kleinen Etappen, weil es dir sowieso nicht schmeckt und du, was deine Zukunft angeht jetzt schon sicher bist, dass es das nie in deinem Leben tun wird. Nur die Zigaretten, die rauchst du gerne, weil sie bereits seit vielen Jahren nicht aus deinen Taschen wegzudenken sind. Die Musik, die Haare, das Bier und all der Punk werden verschwinden, doch stets wirst du diese Zeit in deinem Herzen tragen und ab und an hervorkramen, wie schön all das doch war.

ich bin licht

Mit den Jahren bin ich schleichend bedürftiger geworden und frage, wann immer sich die Situation ergibt danach, ob mich jemand genauso liebt, wie das Brot, das frisch aus dem Ofen kommt und so gut wie noch kein Brot zuvor schmeckt. Ich will ebenso viel Hingabe spüren, wie dieser Klumpen aus Mehl, Wasser und Hefe gerade empfängt, ohne, dass es ihn kümmern würde. Jeden Tag wünsche ich mir, zum ersten Mal gesehen zu werden und meinem Gegenüber die Augen zu blenden, weil ich hoffe, so schön und funkelnd wie das reinste Licht zu sein. Ich gehe so weit, dass ich diese egoistische Befriedigung zum Mittelpunkt in meinem Alltag mache und mich natürlich selbst dabei erwische, wie unangenehm mir das alles ist und gerade weil ich so häufig darauf hingewiesen werde. Dennoch hat sich dieses grobmaschige Muster langsam eingeschlichen und hat seine Fäden zu einem so großen Knäuel gesponnen, dass ich darin eingeschnürt bin und ohne scharfe Scheren oder einer Machete bewegungslos darin verharren muss. Schlussendlich muss ich mir eingestehen, dass ich mich peinlich verhalte und es sowieso nicht nötig wäre, mir meine Bestätigung zu holen, da ich doch im Grunde weiß, dass ich ziemlich toll bin. Nicht das absolut schillerndste Licht, aber hell.

zu schnell, zu weit

Du wünschst dir, wie so irrsinnig viele um dich herum, dieses Leben wie auf der Autobahn. Immer den Fuß auf dem Gaspedal und wenn möglich kein Limit beim Tempo. Hauptsache schneller und weiter um nicht zu bemerken, was du hinter dir zurückgelassen hast und von dem du keine Ahnung hast, da deine Augen den Geschehnissen aufgrund deiner Geschwindigkeit nicht folgen können und du dir vorkommst, als wärst du im Kinosaal, in dem der Film zu schnell abgespielt wird. Vergessen hast du die Erlebnisse, bei denen du auf deinem Balkon gesessen hast und genüsslich ein riesiges Glas Wein getrunken hast. Das war bevor dich dieser Druck quälte es dir und den Menschen, auf deren Meinung du so viel wert legst, beweisen zu müssen, dass du mithalten kannst und perfekt darin bist, alles zu vereinen. Die Tage in deinem Büro wurden endlos und deine Freunde hast du schmerzlich vermisst, bis du sie und sie dich einfach vergessen hatten und nach einigen belanglosen Nachrichten nichts mehr kam. Immer noch sind die Nummern in deinem Telefon gespeichert, doch die Anrufliste musst du sehr weit nach unten scrollen, um das letzte Telefonat zurückzuverfolgen und dich daran zu erinnern, worum es dabei ging.

verschwendung

Im Grunde begann alles ganz harmonisch, schön, schnell und leicht. Kennenlernen ohne die Begleiterscheinungen, unbedingt gefallen zu müssen, denn wenn es nicht passt, dann ist es eben so. Es folgten Spaziergänge und Ausflüge und eine Menge Hauseingänge, die fremd waren und es auch nicht interessierte, wer hinter diesen lebt. Aus dem, was so leicht begann, wurden bereits nach kurzer und intensiver Zeit Vorwürfe und eine ganze Menge Verbesserungsvorschläge, weil Äußerlichkeiten nicht den Wünschen oder der Ästhetik entsprachen. Aus Coolness wurde Aggression und ein ganzer Topf gefüllt mit Mäkeleien, die aus dem Nichts kamen, im Raum standen und selbst in darauffolgenden besseren Tagen nicht vergessen werden konnten. Da nützten auch Hühnersuppen oder Sonntage im Bett nichts, da im Prinzip von Anfang an zu erkennen war, dass außer lästigen und demütigenden Stresssituationen, nichts Gutes daraus hätte erblühen können. So wurde noch eine Weile mit und unter größerer Anspannung weitergelebt, bis sich dieser kurze Weg im Nirgendwo verlor. Nach einer Weile wurden daraus Altlasten, die irgendwie dazugehören und gleichzeitig bedeutungslos geworden sind, da keine einzige Minute richtig echt war.

drahtseilakt

Manchmal fehlt mir vor lauter Leben ein wenig die Kraft, für die Dinge, die mir Spaß machen oder mit denen ich bereit bin, meine Zeit zu vertrödeln. Dann sollte ich mir mehr gönnen, aber weil ich so müde bin, habe ich selbst für den Genuss keine Muße mehr. Ich benötige dann wirklich einen sehr großen Abstand zwischen dem, was ich gerne mache und dem, was ich machen muss, da Zahlungseingänge auf meinem Girokonto nicht von irgendwoher kommen. So bemühe ich mich, gründlich und so schnell wie ich kann, alles was eben muss abzuarbeiten, um die Chance zu bekommen, mehr von dem zu machen, was ich gut gebrauchen kann und in welches ich die nötige Distanz einbauen muss, da es sonst nicht funktioniert. Erst wenn ich einige Zeit in meinem Bett liegen konnte und sich die Langeweile nähert, bin ich bereit, um Energie für mich selbst zu verschwenden. Ein sehr schleichender und langwieriger Prozess, bei dem ich persönlich manchmal gewinne, aber auch sehr oft verliere, da mir auf dem Weg dorthin das bisschen Sauerstoff nicht gereicht hat. Die Balance zu finden ist häufig mühselig, aber wenn ich sie für eine Weile an mich binden kann, gelingt es mir sehr gut, es mit ihr auszuhalten.

in der nacht

Wann immer sich die Tür öffnet und du den Raum betrittst, macht sich ein Strahlen in deinem Gesicht breit, von dem man im ersten Moment annehmen könnte, dass dein bisheriger Tag wunderbar verläuft oder dir etwas passiert ist, was dich hat so glücklich sein lassen. Niemand würde auch nur einen Gedanken daran verschwenden, dass außer all der Heiterkeit, noch Platz in deinem Leben hätte, weil dich ja alle Anderen eh nur so kennen und dich kennenlernen werden. Was du verschweigst ist, dass du nachts in deinem Bett nicht schlafen kannst, weil deine Gedanken ganze Geschichten zwischen Tod, Verderben und Wunden, die nie verheilen können, erzählen. Und diese Geschichten sind keine schaurigen Märchen, die sich irgendein Dichter mal ausgedacht hat, sondern es ist ein Teil deiner Biografie. Selten gibt es, auch nicht zwischen den Zeilen, ein richtiges Happy End. Daher fürchtest du dich vor diesen Gedanken und im selben Moment musst du sie aufschreiben, damit sie nicht weiter an deinem Gehirn kratzen. Diese Zettel legst du in ein Versteck, von dem du nie jemandem erzählen würdest, da du dich sehr oft dafür schämst in Augenblicken zu leben, in denen dein Lachen deinem Gesicht entweicht.

hollywood

Häufig beobachte ich, was sich vor meinen Augen abbildet und ich sehe das Treiben und die Unendlichkeit der Individualität, die möglich ist, wenn man den Mut aufbringt sich für etwas oder ein Leben zu entscheiden, in dem man alleiniger Herrscher ist. Und im selben Moment finde ich es schön und gemütlich einfach nur dieser Zuschauer zu sein, der all das ohne die Sehnsucht betrachtet, als würde es ganz weit entfernt von mir stattfinden und eine Realität widerspiegeln, die es sonst nur in Filmen mit großem Budget gibt.

tief oben

An diesem Morgen, der in seiner Struktur auch dem Morgen davor und dem davor glich empfand er dennoch sehr viel mehr Liebe für sie, als er hätte es sich vorstellen können. Die Krümel, die sie verteilte, als sie spätabends beschloss Pizza im Bett zu essen und nicht darauf zu achten, wohin sie all die Krumen verstreute, ließen sein Herz höher schlagen, selbst wenn das nicht mehr denkbar zu sein schien. So sammelte er die Überbleibsel von verbrannten Teigresten aus ihren Haaren und ihn überkam das Gefühl, dass er alles zu haben schien, was er sich wünschte. Es war das erste Mal, dass ihm diese Sätze in den Kopf schossen, weil er sich viel zu oft selbst verboten hatte, Glück und Geborgenheit zuzulassen sowie ertragen zu können. Freude mischte sich mit salzigen Tränen, die er nicht verhindern konnte. Und auch wenn es nicht zählbar war, so war dies alles sie und die Tatsache, wie hingebungsvoll sie ihm zurück in sein Leben geholfen hatte und nie aufhörte, ihn mit ihrer penetranten Art zu nerven. So oft verfluchte er sie, wenn er zu tief im Tief steckte. Und so oft musste er einfach nur ihre Hand ergreifen, um festzustellen, dass es an der Oberfläche wirklich schön ist und ihm die Wärme, die es dort zu finden gab, guttat.

keine aussicht

Verkauft an fremde und ebenso an falsche Hände, deren Berührungen alles sind, nur nicht liebevoll. Riesen inmitten einer Erlebenswelt, die dort nichts verloren haben und die niemand an diesen Ort je hätte einladen wollen. Entrissen aus der Obhut der Mutter und nicht länger beschützt vom Vater, der wie so oft keine Wahl zu haben schien, für ein klein wenig Versprechen Schätze zu verkaufen, die er hätte freiwillig nie hergeben wollen. Nie werden die Eltern wiedersehen, was sie haben aufwachsen sehen, da es jetzt getragen wird an einen Ort, der vor ihnen verborgen bleibt. So beginnt die Fahrt in ein fremdes, neues, aber nicht ausgesuchtes Leben, welches geprägt sein wird von Kummer. Eine Reise auf der die Sonne nur sehr selten ihre volle Kraft entfalten kann und in der es mehr Regen und Stürme gibt als irgendwo anders auf der Welt. Unklar, ob es je dazu kommen wird, eine eigene Identität zu entwickeln und unwichtig in den Augen der Männer, die sie von oben bis unten begaffen. Schmierige und undurchsichtige Gestalten ohne Scham und ohne Würde. Unter den opulenten Gewändern und ganz klein im Zentrum des Raums steht eine Frau, die keine ist, da sie das Kindesalter noch nicht verlassen hat.

auf dem berg

Nur ein paar Straßen und Häuser weiter entfernt ist die Gesellschaftsschicht eine völlig andere und ich kann mir kaum vorstellen, dass diese Ecke nur wenige Meter von der Ecke entfernt liegt, in der ich lebe und in der ich irgendwie eine ganze Menge mehr Freiheiten genieße. Verständlich erscheint es mir, dass die Lage ziemlich angespannt ist und dies sicher noch eine Weile so bleiben wird. Dennoch fühle ich mich fremd in diesem Block und weiß genau, dass ich hier nicht hingehöre, sondern nur hier bin, weil es praktisch ist. Selbst den Hunden scheint es verboten einander zu begegnen, da in so vielen Trainings-Videos gelehrt wurde, dass sich Tiere an der Leine nicht zu begrüßen haben. So herrscht auf den engen Gehwegen ein Zerren und ein Zurren und aus dem morgendlichen Spaziergang wird ein Slalomlauf. Und weil die Einwohner hier sich sehr wohl auf diese Regeln stützen, an der Glaubhaftigkeit des angeeigneten Wissens im Internet festhalten und dem Zustand sehr viel Beachtung schenken, wirkt es so, als sammelten sie sich alle unter einer Kuppel, die eine vermeintliche Elite verspricht. Im Grunde sind sie aber alle nur unsicher, denn es ist zu lange her, dass sie sich wirklich miteinander ausgetauscht haben.

scheidung

Solange, bis der Tod uns scheidet und ich kann nur hoffen, er tritt nie ein, auch wenn das albern ist, denn irgendwann müssen wir nun mal gehen und dann gibt es keine einzige Möglichkeit mehr, dass wir uns je, auch wenn nur ganz kurz, wiedersehen werden, denn wir sind dann geschieden. Bis dahin möchte ich die Zeit nicht damit füllen, dass mein Stress zu deinem wird und das ich dich anschreien kann, weil ich es muss und nicht weil du es verdient hast, denn im Grunde sind wir viel zu harmoniesüchtig, um unsere Stimmen gegeneinander zu erheben. Bevor das einritt, was keiner vermeiden kann, möchte ich gerne in Baumärkten mit dir durch die, für mich nicht endenden Gänge wandeln und mir einreden, dass ich auch gerne hier bin, obwohl ich Besuche zwischen Rohren, Holz und Pflanzen schon als Kind alles andere als herrlich fand. Und wenn ich ehrlich bin, möchte ich ganz viel nichts mit dir machen und mich jeden Tag von Pizza und Döner ernähren, weil ich mag, wie wir danach beide in der Horizontalen liegen und uns nicht bewegen können, da unsere Bäuche so sehr schmerzen von den vielen Köstlichkeiten, die für dich und mich Sterneküche bedeuten. So hoffe ich, dass noch ganz viel Zeit auf uns wartet.

rente

Im Grunde sind wir noch recht jung, doch fühlen wir uns jeden Morgen, wenn wir aus dem Bett humpeln und uns unter großen und mühevollen Anstrengungen die Kleider überwerfen, dass wir alte Menschen geworden sind und sich unsere Leiber sehr viel näher an der Pforte zum Renteneinstieg befinden, als voller jugendlicher Vitalität zu strotzen. Vielleicht werden wir also länger zusammen alt werden, als wir es uns hätten je vorstellen können.

meine, nicht deine augen

Am Anfang warst du ihm verfallen und auch die kleinste Lüge hast du verwandelt in viele Sätze voller Zuversicht auf Besserung und den Fantasien, dass sich all das irgendwann geben wird und keine Unwahrheiten mehr länger Platz zwischen euch haben werden. Waren es zu Beginn Schmeicheleien, die dich lächeln ließen, wurden es mit der Zeit Schmeicheleien, die dich haben wütend werden lassen. Er sagte, dass er sich in deinen Augen verloren habe, doch in Wahrheit hat er darin nur sich selbst und sein eigenes Bild betrachtet, da er deinem Gesicht so nah war und es die einzige Sache in seinem Leben war, die ihn wirklich interessierte. In so vielen Momenten warst du unangenehm berührt, da du seit langer Zeit wusstest, dass es nicht um deine Augen ging, sondern um die Dinge, die sich darin spiegelten, wenn das Licht günstig stand. So wurden deine Augen mit jedem Mal, wenn er so tat, als würde er dir seine Gefühle anvertrauen trüber und durch jedes Wort verloren sie an Glanz, bis sie trocken und spröde wie die Enden deiner Haarspitzen wurden. Und eben noch versuchte er dir zu verdeutlichen, warum denn gerade deine Augen die schönsten Augen auf der Welt wären, da hast du sie einfach zugemacht.

wenig

Serviert auf einem Tablett, dass nicht gemacht ist aus massivem und glänzendem Silber, sondern zusammengehalten wird von einer großen Menge übriggebliebenem Kleber und Resten aus dem Dielenboden unseres Zufluchtsortes, den wir bereits vor einiger Zeit verlassen haben, weil wir nicht länger dort leben konnten und wollten. Sämtliche Habseligkeiten haben auf diesen paar Zentimetern Platz und wir erkennen, dass wir nur sehr wenig brauchen, was uns wirklich glücklich macht, oder an denen Erinnerungen hängen, die wir aufbewahren wollen, solange es nur möglich ist. Abgegriffen durch so viele Finger und ramponiert durch so viele Umzüge, ist kaum noch zu erahnen, was all diese Dinge in ihrem Ursprung einst waren. Staubig geworden sind diese kleinen Kostbarkeiten, von denen wir uns viele, oder eigentlich alle viel zu selten ansehen, da wir nicht ausschließlich schöne Gedanken damit verbinden, sondern eben auch Teile der Vergangenheit, die uns haben mal härter und mal weicher werden lassen. Getrieben von dem Mehr, dem du und ich häufig nicht widerstanden haben, legte sich ein großer Schleier über die Fassade, die von außen schön war und von innen nach Schimmel roch und sich in den Ecken der Schmutz ansammelte.

(un) durschaubar

Ich sage noch vorab, dass ich nicht leicht zu bekommen bin und das ich nichts tue, was ich mir vorab bereits verboten habe. Ich bin geheimnisvoll und stelle mir vor, wie all mein Sein umgeben wird von einer mysteriösen Aura, deren Nebel und Farben nicht einfach zu durchdringen sind. Ich möchte die Distanz halten, damit ich ein kleines bisschen unnahbar bin und dir das Gefühl geben möchte, du müsstest um mich kämpfen und vor allem um meine eigens erdachte Exklusivität. Jedoch bin ich einfach gestrickt und das, was ich selbst vorab wollte und mir fest vorgenommen habe, löst sich ganz schnell in Luft auf, denn ich kann weder mir noch dir widerstehen. Grundsätze, die ich vor wenigen Stunden noch hatte, spüle ich in der Toilette runter wie Reste vom Abendessen. Du bist kein Tabu mehr, weil ich nicht mehr will, dass du eines bist. Und so schmiege ich mich ein wenig ungelenk immer näher in deine Richtung bis ich aus heiterem Himmel ganz nah an deiner Schulter bin. Ich versuche zu flirten, was mir nicht gelingt. Ich möchte dich gerne küssen und mir dabei überlegen, wie ich dir erkläre, dass ich mich nun doch anders entschieden haben. Muss ich aber nicht, du hast mich längst durchschaut

nur die anderen

Ab und an und so völlig aus dem Nichts kommst du wirklich auf den Gedanken, dass alles immer nur den Anderen passiert. Und das klingt ein wenig blöd, aber irgendwie ist an diesem Denken was dran. Bis es dich doch mal trifft und dann bist du nicht die Anderen, sondern dann bist du es selbst und völlig unverhofft brechen Sorgen, aber eigentlich mehr Ängste über dich herein. Du kennst zwar die Geschichten von Menschen, die irgendwen über irgendwelche Ecken kennen, die mit Schicksalsschlägen und wirklichen, also so richtig echten und bedrohlichen Problemen zu kämpfen haben, aber persönlich betroffen warst du bis dahin noch nicht. Du bist auch jetzt noch nicht betroffen, sondern Personen die du sehr liebst und dann ist es auf einmal sehr nah in deinem Leben, obwohl du es da gar nicht haben willst und auch nicht darum gebeten hast. Aber wer bittet schon darum, dass Scheiße passiert und etwas mit dem Körper nicht stimmt, der nicht deiner ist, aber der Körper von jemandem, der in deinem Herzen ist. Und im ersten Moment, weißt du nicht damit umzugehen, selbst, wenn du ja nicht damit umgehen musst, weil es nicht zu deinem Problem werden wird, du bist aber trotzdem mit drin. Teil der Party, die keine Party ist, weil es nichts zu feiern gibt. Regungslos sitzt du auf dem Stuhl und dir fehlen die Ideen, was du jetzt denken sollst und was du jetzt denken kannst. Es ist als wärst du eingeschlossen und das so fest, dass du dich nicht mehr rühren kannst.

Die Wörter, die sich nicht bilden können, bilden gleichzeitig die Mauer, die zu dick ist für deine Welt und der Tatsache, dass alles ziemlich gut läuft im Moment. Gerne willst du helfen, aber du kannst es im Grunde nicht, weil du nicht weißt wie und natürlich, weil dir dazu die Mittel fehlen. Es ist unschön und es begleitet dich, wohin auch immer du gehen magst und es ist selbst dann da, wenn du dich ablenken willst. Keine Chance, daraus zu flüchten. Und immer noch hast du Angst. Immer noch und obwohl es nicht dein Körper ist, der die Angst haben muss, weil es immer noch nicht dein Körper ist, dem etwas fehlt. Die andere Last machst du dennoch zu deiner, zumindest ein bisschen, weil alles auf einmal vergänglich erscheint, denn alles ist vergänglich und hört irgendwann auf. Klingt und liest sich wie eine Weisheit, aus einem Buch voller Sprüche, direkt aus dem Leben gegriffen und von einem bedeutenden Philosophen einst gesagt, doch am Ende stimmt das so. Wenig ist endlos. Du weißt das und doch ist es nie so präsent, da Themen, die darum kreisen, gerne aus deinem Kopf verdrängt werden. Und du rauchst die Zigaretten bis zum Filter und wünscht dir, dass dir schnell ein Plan in den Sinn kommen kann, doch sowas passiert nicht, tut es nie. Für Mist, der passiert gibt es sowas nicht. Keine guten Worte und auch kein Zuspruch schaffen es, die Situation besser zu machen, denn alles, trotz dem es am Ende einen Ausweg geben wird, bleibt das Jetzt beschissen. Für diese Stunden und Tage ist es, als würde sich alles ein klein wenig langsamer drehen. Du willst keine Panik und gleichzeitig willst du sie doch, da es jetzt vielleicht mal angebracht wäre. Vorher waren alles Lappalien und nichts davon fiel wirklich ins Gewicht. Es passiert immer nur den Anderen, bis du die Anderen bist.

Bis sich alles auflöst und das Spiel von der heilen Welt nicht mehr länger existieren kann. Es wird wieder verheilen, doch gerade jetzt ist es kaputt. Teile von den zu dicken Wänden sind in sich zusammengesackt. Du bist darunter verschüttet gegangen. Es ist auch jetzt nicht dein Kampf. Du willst aber mitkämpfen und vielleicht, sei es noch so winzig, etwas zu tun, dass dich und euch gewinnen lässt, um daraus eine Geschichte zu schreiben, die du irgendwann erzählen kannst. Keine schöne und keine die bunt gefärbt ist, sondern eine Geschichte, wie sie im Leben wirklich passieren kann. Eine Erzählung von der Wirklichkeit und wie sie jeden trifft, auch wenn die Hoffnung noch so groß ist, dass sie es nicht tut.

ohne farbe

Auf der Wiese inmitten von all dem Grün und den Stimmen der Vögel, die den Frühling einläuten, stehe ich und bin ganz taub. Ich höre nichts mehr. Alles ist dumpf geworden und genauso muss es sich unter einer Glocke anfühlen, wenn sie abgeschlossen ist, von allem, was um sie herum passiert. Meine Stimme hier drin, die anderen Stimmen da draußen. Ich kann alles sehen und merke, dass die Kontraste und alles was vorher saftig und satt war verblassen werden. Bis vieles dorthin zurückkehrt, von wo es gekommen ist. Ganz langsam und kaum merkbar, aber umso länger ich dort stehe, desto mehr kann ich das erkennen. Diese Glocke hat keinen Notausgang und auch keine Fenster. Die Luft darin wird irgendwann aufgebraucht sein und ich werde mich dichter an die farblose Erde legen und wie sie mein Leuchten verlieren. Das Licht wird aus meinen Augen verschwinden, nur die große Kuppel ist für immer gebaut und wird mich und meinen Körper konservieren. Hätte ich nicht aufgehört zu hören, wäre ich vielleicht nie hier gelandet, doch ich habe mich entschlossen auszublenden, was mich angetroffen und besucht hat und nicht mehr gehen wollte. Ich habe es mitgenommen in guter Absicht und wurde hinterrücks betrogen.

der weg

Jeder kleine Absatz gelingt dir nur, weil du nach jedem Schritt eine lange Atempause machen musst. Du weißt, dass es noch ein weiter Weg ist, egal ob nach oben oder nach unten. Diese vielen kleinen Gehversuche flößen dir Respekt ein, haben sie nicht immer, inzwischen aber schon. Mit jedem Tritt knackt das Holz, aber auch die Knochen in deinen Beinen und ganz bald wird der Moment kommen, da werden sie brechen und du bleibst liegen, an der Stelle, an der du eben noch gestanden hast. Vielleicht wird dann jemand kommen, der dich auf seinen Rücken heben und dich den Rest des Wegs tragen kann und vielleicht kommt es auch ganz anders und du musst deine Zelte genau an der Stelle aufschlagen, an der du nun mal gerade bist. Deine Knochen werden nach einer ganzen Weile zusammenwachsen und du wirst bereit sein, einen neuen Versuch zu unternehmen, diesen immer noch so langen Weg zu meistern. Wieder wirst du stürzen und aufstehen. Aber genau aus diesem Grund bist du hier gelandet, damit du jedes kleine bisschen von deinem Weg richtig erleben kannst und sei es noch so sehr geprägt von körperlichen Gebrechen und seelischer Erschöpfung. Vielleicht wartet am Ende nichts Schönes, aber vieles, was du kennenlernen durftest.

reise

Leb wohl du Schönheit, der ich mich gewidmet habe, mit allem, was ich geben konnte und was ich zu geben bereit war. Das nasse Grau legt sich nun über meinen Kopf und hüllt mich ein in einen undurchdringlichen Dunst, den ich als Decke benutze, wenn mir kalt wird in der Nacht. Ich habe mit so vielen guten Absichten ermöglichen wollen, wozu vorher noch niemand in der Lage war. Ich bin durch Stürme gezogen und stand an der Kreuzung ohne meine Kleidung da. Gebettet habe ich mich in den kalten Sand, der von der tosenden See nicht verschont geblieben ist. Tief darin eingesunken wartete ich, bis die Sonne wieder hervorkam, um meine Reise fortzusetzen. Niemals konnte ich dich so ganz erreichen, egal wie schnell ich rannte und egal wie lange ich einfach stehen blieb. Nur einmal wollte ich dich zum ersten und ebenso zum letzten Mal berühren, bevor ich vergesse, wie du überhaupt ausgesehen hast. Niemals werde ich jedoch das Gefühl vergessen, welches diese Sehnsucht zu dir in meiner Magengrube ausgelöst hat. So lege ich alles, was mir geblieben ist einfach ab und begebe mich in den Wald, wo ich mich unter dem Moos und all den Beeren verstecken werde. Bevor ich aufgebe, denke ich ein letztes Mal an dich.

ich bin noch da

Mich überkommt die Traurigkeit immer dann, wenn ich sie nicht gebrauchen kann und immer dann, wenn ich auf diese gewisse Art und Weise häufig einfach funktionieren muss, da ich dem Unvorhergesehenen keinen Platz in meinem Terminkalender geben konnte. Nicht für mich selbst, sondern vielmehr für die Anderen, mit all ihren Anfragen und den Bergen an Bedürfnissen, für die sie schlau genug sind, aber manchmal einfach zu faul. Sie mischt sich mit der Wut auf meine Umgebung, aber vor allem ist es die Wut auf mich selbst, die mich so mürrisch und düster werden lässt. Prioritäten, die keine sind, habe ich ganz oben auf meine Agenda geschrieben, ohne zu bedenken, dass ich ja auch noch da bin und das ich mich selbst hin und wieder brauche. So fehle ich manchmal einfach komplett in meinem Leben und merke dies viel zu spät. Ich kann die schönen Dinge, die ich sonst sehe, dann nicht mehr erkennen und bereits beim Aufstehen, bin ich mir bewusst, dass der Tag sich in eine Richtung entwickeln wird, die mir nicht passt. Alles nervt und alles ist zu laut. Ich wünsche mir Stille und die Möglichkeit, mich zu verkriechen, bis die dunkeln Wolken verzogen sind und sich das Wetter in mir, wieder zu einem besseren und wärmeren Klima entwickelt hat.

müll

Verborgen auf der Müllhalde, die so groß wie eigenes Meer ist, wurdest du abgestellt, hast dich nicht bewegt und bist unter all dem Schutt verloren gegangen. Es hat lange gebraucht, bis du dich mit dieser neuen Situation arrangieren wolltest, doch hast du es nach einer Weile geschafft, es dir gemütlich zu machen. Jeden Tag wirst du umspült von noch mehr Dingen, die die Haushalte der Stadt verlassen, in der du dich einst zu Hause gefühlt hast. Die große Last, die sich auf deinen kleinen Körper drückt, macht dir nichts aus, du hast dich längst daran gewöhnt, da sie dir nicht unbekannt sind. Nur ganz selten hörst du ein Rascheln von anderen Bewohnern, deren Gesichter du noch nie gesehen hast und auch nicht sehen willst. Bananenschalen kleben an der Wange und in deinem rechten Ohr sammelt sich langsam der Schmutz eines Staubsaugerbeutels, deren Besitzer du nicht kennst. Vielleicht gehört der Dreck dir und es sind die letzten Überbleibsel deines alten Lebens, dass du gezwungenermaßen verlassen musstest. Vielleicht sind die Flusen das, was ganz zum Schluss übrig blieb. Und du wühlst nach Geheimnissen in diesen Bergen aus Schrott, bei denen du das Gefühl hast, sie sind dir näher als nichts und niemand sonst.

vanille

Meine Haut schmeckt nach allem, wonach du dich verzehrst und sie duftet nach all dem, von dem du nicht wusstest, dass es existiert. Mir dessen bewusst zu werden hat eine Weile gebraucht und selbst jetzt noch hält es an. Zu viele Bilder, Zeichnungen und Texte wurden mir zugeschoben, weil es die Menschen ach so gut mit mir meinten. Zu viele Probleme, die nicht meine waren, wurden zu meinen gemacht und niemand fragte, ob ich diese tragen kann. Ich musste, da ich dazu gedrängt wurde und es eine Zeit gab, in der es eben nun mal so war, meine Stimme verstummte und ein falsches Lachen über all dies hinwegtäuschen sollte. Es war meine Hauptrolle. Unzählige Begegnungen wollten mir meinen Geschmack und ebenso meinen Geruch schlecht reden und viel zu oft habe ich auf sie gehört. Sie waren oft so laut, dass ich vergessen hatte, wie wichtig ich doch bin. Ich bin schön, ich bin sogar ziemlich schön. Manche mögen es nicht sehen können und dennoch weiß ich, dass es stimmt. Doch ich will nicht hübsch für sie sein, sondern ganz allein für mich. Und ich will wichtig sein, ganz allein für mich. Ich will die Haut, in der ich lebe lieben und ich will, dass mich mein Geruch begleitet, wo auch immer ich hingehen werde.

kein ende

Die Lähmung kam mit dem Leben. Ganz langsam hat sie sich eingeschlichen und suchte sich zunächst dein Gesicht dafür aus. Kleine Stellen, die in unregelmäßigen Abständen immer tauber wurden, bis irgendwann nichts mehr zu spüren war. Und es verteilte sich über deinen ganzen Körper, nicht vollständig, aber immer mehr und an vereinzelten Stellen. Die Lähmung lud weitere Freunde ein. Und so bestanden die Tage aus Schmerzen im unteren Rippenbogen, die es dir unmöglich machten, normal zu niesen, weil es zu sehr weh tat. Weil das nicht genug war, kam der Kopfschmerz dazu, der nicht klar zu lokalisieren war, da er sich ausbreitete und immer neue stechende Krater in deinen Kopf bohrte. Deine Augen konnten dem was passiert nicht mehr folgen, da hast du einfach in die Ferne gestarrt, um ihnen ein bisschen Erholung zu gönnen. Erst wenn sie ganz trocken wurden, hast du es dir gestattet zu blinzeln. Du wusstest, woher die ganzen Schmerzen kamen und du wusstest auch, wie du sie hättest vermeiden können. Zu verlockend war jedoch die Aussicht auf dein eigenes Irgendwann, dass dich lockte mit Scheinen und einer gewissen Art von Sicherheit. So hast du es vorgezogen keine Pausen zu machen.

leere hülle

Kalt bist du geboren, hinein in eine noch kältere Welt. Jeder noch so kleine Kristall klammerte sich an dir fest, denn du hast die perfekten Bedingungen geschaffen und wurdest mit den besten Voraussetzungen auf diese Erde gebracht. Du bist wie ein Eismeer, weil mit dir nur die wenigsten Lebewesen existieren können. Und von außen strahlst du so schön und du leuchtest, wenn die Sonne zur Mittagszeit auf dich herab scheint. Doch du bist kalt und alles in der Nähe droht zu gefrieren, je näher es dir kommt. So treibst du allein wie eine Scholle auf dem Wasser, die allmählich kleiner wird, bis sie nach einiger Zeit verschwunden sein wird. Niemand wird sich dann noch an dich erinnern, weil du nichts hinterlassen hast, an das man sich hätte erinnern können und weil du so sehr darauf bedacht warst, alles von dir fernzuhalten. Ab und an verirrte sich etwas oder jemand zu dir, doch schnell wollten sie sich von dir lösen, da es mit und auf dir nicht auszuhalten war, selbst wenn du die einzige kleine Insel mitten im Nirgendwo warst. Manche sind auf dir gestrandet und haben dich lediglich benutzt, um sich auszuruhen, oder nach einem besseren Ort zu suchen, an dem sie ihr Glück finden sollten, welches dir nicht vergönnt war.

damals und heute

Zwischen vertrocknetem Geäst liegt ein kleines Stück von früher, als alles noch ein wenig kontrastreicher war und alles noch ein wenig mehr nach Blüten und nach Frühling roch. Inzwischen haben sich diese Jahreszeiten in Luft aufgelöst und meistens herrscht Winter, der nicht furchtbar kalt, sondern ganz mild ist aber dennoch immer von einer feinen Schicht aus Schnee begleitet wird. Vielleicht liegt darin der Zauber, auch wenn es häufig alles gleich aussieht.

zwischenablage

In deinem Schrank lebt das, was vor einer ziemlich langen Zeit mal war. In ihm lebt ganz viel von vergangenen Freuden und überaus prägenden Erlebnissen. In den Taschen deiner ungewaschenen Lederjacke findest du immer noch ein bisschen Tabakreste und fragst dich, wann und mit wem du diese Zigaretten geraucht haben könntest. Vielleicht war es eine flüchtige Bekanntschaft, oder vielleicht war es das letzte Mal, an dem du so richtig ausgelassen warst, bevor es nicht mehr ging, bevor dein Geist nicht mehr all das machen wollte, was du in der Vergangenheit mühelos hast tun können. Vielleicht hast du den Schweiß in diese Jacke getanzt. Wenn sie doch nur die Geschichte von diesem Abend oder dem Morgen erzählen könnte, dann würdest du dich vielleicht erinnern, dass es kein Problem und kein Hindernis gibt, ein wenig freier zu sein und nicht in dieser Schachtel feststecken, deren Tür immer weit offen steht und aus der du einfach hinausspazieren könntest. Stattdessen gräbst du dich ein und erwischt dich beim Schwelgen in Momenten, die bereits zu lange her sind und an die du dich auch nicht so recht erinnern kannst. Möglich, dass es keine Gedankenfetzen sind und du nur davon geträumt hast. Möglich, dass es all das nie gab.

kleine taube

Ganz allein hast du am Rand der viel befahrenen Straße gesessen und hast dich kaum bewegt. Deine Federn waren zart und flauschig. Aus dem warmen Nest bist du gefallen, weil du vielleicht eine falsche Bewegung gemacht hast, oder der Wind zu stark wurde. Deine Eltern haben nach dir gesucht und konnten dich nicht finden zwischen all den lärmenden Autos, den schnellen Schritten und den sich drehenden Reifen. Und wir haben versucht dir zu helfen und dich an einen ruhigeren Ort gebracht, von dem wir dachten, dort würden sie dich vielleicht finden und niemand könnte dich dort verletzten. Doch leider war unser Versuch vergebens und langsam hast du dich vom Leben verabschiedet. Vielleicht waren deine Verletzungen zu schwer und vielleicht warst du zu schwach. Du hast es nicht geschafft und durftest nie erfahren, wie es sein würde auch nur einmal im Leben zu fliegen. Und heute ist mein Herz schwer und ich bin traurig, dass es dir nicht vergönnt war, ein bisschen zu existieren und es nie eine Möglichkeit für dich geben wird, die Stadt von oben zu sehen. Ich wünsche mir, dass du an einem anderen Ort lernen kannst, deine Flügel auszubreiten. Mach es gut kleine Taube. Heute Abend zünden wir ein Licht für dich an.

nichts passiert

Es kann sein, dass noch nichts passiert ist, über das es sich lohnt zu schreiben, weil im Nachhinein betrachtet Erlebnisse so ziemlich unbedeutend waren und auch die Konzentration zurück in die Vergangenheit keine Momente parat hält, die aus heutiger Sicht auch nur annähernd wichtig gewesen wären. Und dann herrscht da auf einmal diese Leere, die nichts zustande bringen kann und vertont klingen würde wie ein einfaches Rauschen, was entspannen sollte, aber doch nur aggressiv macht. Dieses Rauschen ist nämlich unfassbar anstrengend und klaut so viel von der Energie, die sich ohnehin schon im dramatischen unteren Level bewegt. Gezwungenermaßen wird der Kopf dann ein wenig zum Hellseher und erschafft Situationen, die bis jetzt noch nicht durchlebt wurden, auf die aber die Antwort schon jetzt ganz klar ist. Es ist das Wissen, zu wissen, wie die Reaktion ausfällt, wenn dieses oder jenes Ereignis eintreffen wird. Natürlich lehrt das Leben, dass es, wenn es doch soweit ist, nicht so ist, wie zuvor bereits analysiert. Und nachdem diverse Komponenten ein Ende fanden, stellt sich wieder dieses schreckliche Rauschen ein, das den Tag verderben lässt und dafür sorgt, dass die Seiten einfach wieder weiß bleiben.

langsam

Ich habe dir gesagt, du musst endlich aufhören zu warten und etwas unternehmen, wenn du willst, dass sich was ändert. Ganz genau vernimmst du meine Worte, konterst zum Schluss immer mit deinem aber. Du suchst nach aus der Luft gegriffenen Ausflüchten, warum es denn angebracht wäre, noch mehr Zeit verstreichen zu lassen und wolltest es mir als die beste Option verkaufen. Wie du allerdings schnell feststellen solltest, bringen das Warten und all die unnötig eingelegten Pausen nichts. Sie sorgen immer nur dafür, dass die Möglichkeiten an dir vorbeiziehen, damit du sagen kannst, es ist nicht deine Schuld, sondern immer die der Anderen. Du sagst, ich habe mich angestrengt. Ich sage dir, dass du einfach faul warst und angenommen hast, dass du in beliebig viele offene Arme fallen kannst. Dein weiterer Weg sieht keine Ruhephasen vor, zumindest nicht jetzt, da du noch nicht bereit dazu bist, den Fuß eine kleine Weile auf dem Gaspedal zu lassen, sondern immer nur mit angezogener Handbremse weiterfährst. Niemand wird auf dich warten, nicht ich und auch niemand sonst. Du musst ganz allein für dich entscheiden, wie groß dein Traum ist, oder ob es vielleicht doch keiner ist. Ich kann dir helfen, ich kann aber den Weg nicht für dich gehen.

früher und immer

Und später, also wirklich eine ganze Zeit später werden Dinge, die ich dachte, verstanden zu haben noch klarer und dann ergibt es wirklich erst alles einen Sinn. Es gab Zeiten und Kriege geführt im Inneren, bei denen ich dachte, die gehen nie vorbei und ich kann aus dieser Schlacht nur als Verlierer hervorgehen. Dann ist aber doch einfach alles irgendwie weitergegangen und das Leben ist trotz aller Widerstände einfach so passiert. Das Schlachtfeld war zwar verantwortlich für viele Zerwürfnisse mit mir selbst, aber ich bin doch da herausgekommen. Ich war danach nicht unbedingt stärker und habe dieselben Fehler dennoch immer ein paar Male zu viel gemacht, aber aus der Sicht von heute, war das für alles irgendwie gut. Ich weiß nicht, ob Herzen heilen können, denn ich denke manche Brüche und Schnitte bleiben einfach immer an den Stellen, an denen sie entstanden sind und dann muss damit weitergelebt werden, selbst wenn das bedeutet, dass ein bisschen weniger Leben ins Leben einkehren kann. Mit etwas Glück wird es dann dennoch Augenblicke voller Frieden geben und immer wieder besteht die Option, an die vergangenen und häufig auch sehr schönen Phasen zurückzudenken, um die Kriege zu vergessen.

zwei räume und ein wintergarten

Spätabends steigen wir in den Zug. Nur ein paar Kilometer weiter entfernt, liegt das Paradies. Es ist nicht schön im klassischen Sinn und so sehr beschmutzt vom Staub, den der Ofen vom Winter übrig gelassen hat, aber dennoch ist es eine Oase. Die Zeit vergeht hier anders, vielleicht nicht langsamer, aber ruhiger. Es sind nur Bäume und Sträucher und ab und an eine Straßenbahn, die die Ruhe unterbrechen. Und schon wenn wir ankommen, denken du und ich daran wie es ist, wieder in die andere Realität zurückzukehren. In die andere Oase, die auch unsere ist, eben nur viel lauter und hektischer. Ich würde so gerne so viel öfter und vor allem so viel länger hier bleiben und ausschöpfen, was sich hier zeigt. Es ist aber doch nur eine Momentaufnahme und für die weiteren Wege werden wir uns irgendwann von diesem kleinen Ort verabschieden müssen. Und mit neuen Bewohnern wird unsere gemeinsame Zeit und das Erwachsenwerden hier verblassen. Jede der geweinten Tränen bleibt zwar im Gedächtnis, wird aber weggespült von neuen Gesichtern, die diesen Ort zu ihrem Unterschlupf werden lassen. Darum lass uns einfach genießen und nicht zu sehr an Abschied denken, so lange wir noch die Möglichkeit haben, das Damals und das Heute hier zu verleben.

hinter deinen augen

Ich habe eine Welt in deinen Augen gesehen, in die ich nicht vordringen wollte und ich trotzdem so naiv war, einzutauchen. Ich konnte dem starken Sog einfach nicht entgegenwirken und ließ mich dorthin ziehen, wo es richtig kalt wurde und kein Sonnenstrahl stark genug war, sich seinen Weg zu bahnen. Der Eingang, der auch der Ausgang war, hat sich sofort nach dem Betreten fest verschlossen und hat sich in all dem Verstrichenen nie wieder gezeigt, geschweige denn sich ein klein wenig geöffnet. Ich bin viel zu lange umhergewandert, um irgendwas zu finden, was mir bekannt vorgekommen wäre oder an dem ich mich hätte orientieren können. Das war eine fremde Welt, eine, in der ich nicht sein wollte. Es war alles dunkel und es blieb dunkel, egal, wohin ich in diesem Dickicht aus vertrocknetem Geäst hinlief. Und es roch modrig. Du warst nicht da, du warst lediglich die Pforte und die Fassade, die mich einladen sollte. Nie wieder hast du dich blicken lassen, da ich jetzt an dem Ort war, an dem du mich hast haben wollen. So lange Zeit bin ich geblieben und hatte mich arrangiert damit, dass dies nun der Platz ist, an dem ich überleben muss und an dem ich vielleicht sogar meinen Tod finden werde, ohne das mich jemand findet.

dorf

Damals auf dem Dorf waren die Jungs den Mädchen sehr früh zugetan. Natürlich galt diese Tatsache auch andersherum. Die Jungs, sobald sie es konnten, wurden verführerischer mit einem fahrbaren Untersatz, waren es aber auch vorher, wenn sie auf eine andere Art und Weise als cool zu bezeichnen gewesen wären. Die Mädchen, sofern eine Weile durch die Pubertät geschlittert, wussten ihre neuerlichen Reize einzusetzen. Zwischen der Auswahl, die keine war, fanden sich Pärchen und Konstellationen und man sprach bereits in jungen Jahren davon, dass ganze Leben miteinander zu teilen. Verlobungen wurden bekannt gegeben, wurden gelöst, um sich am Ende zusammenzuraufen und es erneut miteinander zu versuchen. Ein Wechselbad der Gefühle. Alle Emotionen durchlebt und alles schon abgearbeitet, noch bevor überhaupt die Volljährigkeit anstand. Und Erwachsensein bestand aus Partys und sich das erste Piercing in einer Zahnarztpraxis stechen zu lassen. Erwachsen sein mit dreizehn war ebenso irgendwas zwischen Haarfärben und heimlich rauchen hinter dem Supermarkt. Es bestand aber auch aus dem Teilen sexueller Erfahrungen und daraus resultierenden und völlig übertriebenen, fehlinterpretierten Schwangerschaftssymptomen.

wo liegt der sinn begraben

Warum Dinge so gelaufen sind, oder warum sich Freundschaften verflüchtigt haben, nach all den Jahren und obwohl es so viele Gemeinsamkeiten gab. Warum konntest du nicht bei ihm bleiben, da dir starke Oberarme doch genügt hätten. Warum konntest du nicht bei ihr bleiben, auch wenn sie dich in den Arm nehmen konnte und du die Möglichkeit hattest, loszulassen. Viele Fragen und so wenig Antworten. Meistens. Vielleicht hoffst du immer, dass irgendwann alles einen Sinn ergibt, aber denkbar, dass es das niemals tun wird. Dann hast du keine Antworten auf die Fragen, warum Beziehungen zu nichts führten, warum es die Trennungen gab und warum es doch nicht bis ins hohe Alter mit der Liebe gereicht hat. Es wird vielleicht keine Notwendigkeit geben, darüber nachzudenken, du wirst dich dennoch dabei erwischen. Du wirst nicht verstehen, warum dir das Glück ab und an zugefallen ist und warum du gleichzeitig so oft vom Pech verfolgt wurdest. Sicher, ein paar Dinge und Erlebnisse werden am Ende schlüssig und es entsteht dieser AHA-Effekt, offensichtlich geschieht das aber wirklich nur sehr selten und immer dann, wenn du dachtest, dass alles schon eingelagert in den Kisten deines Gehirns liegt.

drama

Ich bin schon ganz froh darüber, der früheren Zeit entwachsen zu sein, in der ich, um auf mich aufmerksam zu machen, einfach die Musik ganz laut aufgedreht habe und das Lied immer und immer wieder von vorne spielen ließ. Sinn und Zweck dieser Aktion war die Vermittlung meiner äußerst kurzweiligen Verkörperung darüber, dass mir alles egal ist und ich sehr wohl dazu in der Lage bin mein Ding zu machen und überhaupt alles so gestalten kann, wie ich es möchte. Meine Gefühlslage ganz weit nach außen gestülpt und ohne Nachfrage mit der Welt geteilt, die es nicht interessiert hat. Ich bin nur davon ausgegangen, dass sie das tut. Aus heutiger Sicht betrachtet, finde ich diese jugendliche Anarchie, die keine war, ein wenig traurig, aber auch gleichzeitig lustig. Taten und Aktionen, die nicht richtig und vor allem nicht bis zu Ende durchdacht waren. Es gefällt mir, zu wissen, dass ich so etwas in meiner heutigen Erlebenswelt ganz sicher nicht mehr tun würde und vor allem nicht mehr tun muss. Weder für Aufmerksamkeit noch dafür, um einer fremden Person oder irgendeiner Art von Gesellschaft zu zeigen, wie ich mein Innerstes durch meinen oft sehr schlimmen Musikgeschmack nach außen trage. Insofern ist es ganz schön, die Jahre hinter mir gelassen zu haben und irgendwo in den Dreißigern zu stecken.

wachtraum

So vieles ist halbwahr und immer nah dran an dem Dazwischen. Und dieses in der Mitte sein, lässt dich dein Leben so anstrengend leben, obwohl du dir wünschen würdest, ganz natürlich und ohne Kompromisse dadurch zu schwimmen. Zu gegebenen Zeiten lässt es sich leichter aushalten und ein stückweit leichter ertragen, dennoch schwankst du immer hin und her und taumelst, als hättest du wieder mal zu viel getrunken. Und einige Menschen werden dir sagen, so ist es eben nun einmal. Du hörst zu, aber es fühlt dich an wie ein Lufthauch, der sich seinen Weg durch deine Gehörgänge bahnt und nichts hinterlässt als das Gefühl eines dumpfen Brummens. Jeden Tag und jede Nacht schläfst du ein und wachst wieder auf. Bereits seit Jahren haben sich diese Mechanismen in deinen Alltag gedrängt. Und das Aufwachen und ebenso das Einschlafen lassen deinen Körper vor Kälte zittern. Du denkst an die Wahrheit und an das was ist und immer begleitet wirst du von dem Gefühl nicht länger so zentral an diesem sich immer wiederholenden Ort verharrend herumzustehen und bewegungslos darauf zu warten, dass sich dieses eine Problem lösen wird. Und du wirst wieder einschlafen und wieder aufwachen, bis du schließlich weniger zitterst.

da ist noch mehr

Neben dem Imbiss, in dem es Döner, Bratwurst und Schnitzel, aber auch Spezialitäten aus fernöstlichen Ländern gibt, beginnt die Welt, von der du dachtest, so riesig kann sie doch nicht sein. Nach einigen Jahren zwischen dem Einkaufen auf Märkten und gelegentlichen Ausflügen in die nächste größere Stadt hast du feststellen müssen, dass dein Platz ein anderer werden muss. Du bist gegangen, zunächst nicht so weit und hast angefangen ein Leben zu leben, von dem du angenommen hast, dass du dieses hättest nie so zelebrieren können. Und heimlich hast du alles ausgelebt und nur noch selten an die Zeit am Imbiss gedacht. Früher hat jetzt nicht mehr existiert, genauso wie das Jetzt in einigen Jahren auch nicht mehr das Jetzt, sondern das Vergessen sein wird. Du bist ruhelos und ziehst weiter und du machst Dinge, die du dir nicht hast vorstellen können, einfach nur um sie zu probieren und festzustellen, ob du scheitern wirst. Nach so vielen Jahren und ebenso vielen abenteuerlichen Reisen bist du in der Weite angekommen, in der du viele Gefährten zurückgelassen hast und gleichzeitig so viel Neues gewartet hat. Die Zeit am Imbiss war lediglich der Anfang von einem langen Ausflug, den du vor einiger Zeit begonnen hast.

im nächsten anlauf

Wiederholte Anläufe, da keiner von ein Beiden so richtig weiß, wie es denn eigentlich um euch steht und keiner von euch zum jetzigen Zeitpunkt auch nur annähernd vermitteln kann, welche Richtung eingeschlagen werden soll. In euren Köpfen ist ganz viel ja und gleichzeitig ist das ganz viel nein, nur weil manche Situationen anders verlaufen und erhoffte Erwartungen sich nicht erfüllt haben, da Zuneigung eben nicht in geraden Linien verläuft. Und dann seid ihr Liebende um doch wieder Freunde zu sein und es wechselt sich jeden Tag ab. Aus Telefonaten werden sehr kurze und mitunter ausdruckslose Nachrichten. Ihr vermisst euch und könnt nicht ohne einander sein um euch am nächsten Tag zu blockieren und den Anderen vom Anderen zu entfernen. Doch kein Kontakt ist auch keine Lösung. Dieses Spiel dauert lange und es erfordert einen noch längeren Atem. Wer zuerst die Luft anhält, der hat verloren. Zwischen den Küssen und den reservierten Umarmungen bleiben ein paar flüchtige Blicke und kompliziert geformte Sätze, die keinem von euch Beiden klarmachen können, wie denn aktuell der Stand der Dinge ist. All das Hin und Her macht euch verwirrt und ihr braucht eine Pause, um darüber nachzudenken, ob aus Zwei endlich Eins wird, oder nicht.

verpufft

Zukunft und ein Versprechen für die nie endende Ewigkeit entwickelten sich zu einer Blase, deren Wand nicht dick genug war, um sie vor dem Zerplatzen zu schützen. Aus dem eigenen Schwur und der damit verbundenen Verantwortung entwickelte sich ein Gift, gegen das es am Ende kein Gegenmittel gab, um den Zerfall und das langsam einsetzende Ableben aufzuhalten.

ich und mein ball

Alle Mädchen waren Stefan verfallen, weil seine sportliche Figur und ebenso die Eleganz, mit der er sich auf dem Fußballplatz bewegte, sie staunen ließen und sie sich vorstellten, wie er danach ganz verschwitzt auf sie zukommen würde, um den errungenen Sieg zu feiern. Und auch wenn die Mädchen diesem Sport nichts abgewinnen konnten, waren sie vor Ort, um ihren Spieler anzufeuern. Stefan hingegen interessierte sich nicht für all die Augen, die ihn betrachteten und dahinschmolzen, sofern er auftauchte. Ihn verband eine jahrelange Beziehung mit dem Ball und niemand hätte Platz in dieser durchaus leidenschaftlichen Liaison haben können. Das Einzige, was ihn wirklich mit Glück erfüllen konnte, war die Tatsache, seine Fähigkeiten zu verbessern und eins zu werden mit dem Sport, dem er sein Leben widmete. Die Mädchen wurden älter und erkannten alsbald, dass sie von ihrem Angebeteten nicht die Zuneigung erwarten durften, auf die sie jeden Abend in ihren Zimmern hofften. Sie fanden andere Männer, wenngleich diese nicht wie Stefan waren. Und noch heute hat es keine Frau geschafft, das Herz von Stefan zu erobern, da er immer noch jede einzelne Nacht sein Zimmer ausschließlich mit demselben alten Fußball teilt.

schicht für schicht

Schleichend hat sich das Blut in deinem Körper von rot zu schwarz verfärbt und fließt seitdem zäh durch deine Gefäße. Viele Momente, die du immer wieder in deinem Kopf durchgespielt hast, ließen dich erkennen, dass du und dein Verhalten toxisch geworden sind. Über die verstrichenen Monate hast du immer mehr zugelassen, dass du verbittert geworden bist und dein Alltag geformt wird aus haufenweise Missgunst, Neid und Eifersuchtsszenen, für die es niemals einen Anlass gab. Da war kein Grund mehr, dass du dich hättest über irgendetwas freuen können. Deine Augen haben aufgehört zu leuchten, als du es gebraucht hättest. Und weil du nicht aus deinen Spielregeln ausbrechen konntest, haben sich immer mehr Menschen von dir abgelöst. Selbst deine eigene Mutter hast du zum Weinen gebracht, sodass sie es nicht mehr aushalten konnte, mit dir in einem Raum zu sein und ihr eigenes Kind meidet, wann immer sie kann. Es mag dein Frust darüber sein, dass du es versäumt hast, einfach einen kleinen Schritt weiterzugehen und dein Leben darauf zu verschwenden, dass Illusionen irgendwann doch wahr werden, obwohl du im Grunde weißt, dass dies nie geschieht. In dir wohnt kein Zauber mehr, weil niemand mehr da und übrig geblieben ist.

platz für mehr

Du bist dir unsicher, ob du dich so richtig lösen konntest, von dem, was dich seit Kindertagen beschäftigt. Oft auf dich allein gestellt warst du der Herrscher über deinen eigenen kleinen Kosmos, in dem du nicht der Mittelpunkt sein konntest, auch wenn du es gerne anders hättest haben wollen. Es existiert aber nur, dass was ist und nicht das was hätte sein können. Das war damals so und noch heute hältst du dran fest. Es gab nie viel Geld und auch keine teuren Klamotten, aber du hast das Beste aus dem gemacht, was eben da war. Und irgendwo war alles doch ein bisschen bunt, selbst wenn da ganz viel schwarz war. Noch heute erzählst du Geschichten und musst dabei oft lachen, als Kind war dir aber nicht danach. Ein bisschen Glück war sicher da, doch gab es nie die Sicherheit, die es gebraucht hätte, um vollständig Kind sein zu dürfen. Anekdoten sind geblieben, aus denen du einen kleinen Teil deiner Stärke ziehen kannst und die dafür verantwortlich sind, in allem Ernsten auch ein wenig Humor zu sehen. Dadurch, dass du dich innerlich verabschieden konntest, warst du bereit dein Leben erfolgreich zu gestalten und die Liebe, die in dir ist, mit ganz vielen Menschen zu teilen, um ihnen einen wenig Trost zu spenden, wenn sie es gebrauchen können.

einfach fort

Das Radio spielt keine Melodie und keine Nachrichten mehr, da du es aus der Verankerung gerissen hast und die Kabelreste auf deinem Schoß liegen. Die lange Autofahrt durch die schweigenden Täler und vorbei an den Straßen, in denen Menschen sich einander die Hände reichten und über alberne Witze lachen. Leute, die du nicht kennst, aber gerne kennen würdest, damit du gemeinsam mit ihnen scherzen kannst. Leute, die aufeinander zu gehen, anstatt sich voneinander zu entfernen. Durch so viele verschiedene Vegetationen und Jahreszeiten bist du gefahren und all die Schönheit der Natur und der Regen, der an die Scheiben spritze, konnten dein Herz nicht erweichen um dich umkehren zu lassen. Dein Fuß stand fest auf dem Gaspedal und für dich war deine endgültige Entscheidung beschlossen, nie wieder den Weg zurück anzutreten. Dein Blick ist ein Tunnel, der nur ganz spärlich beleuchtet wird und in dem jeden Moment ein Unfall geschehen könnte. Viel zu schnell willst du fort von allem, was hässlich war und zu schnell weg von allem, was dir doch irgendwas bedeutet hat. Du hast es abbrennen lassen, damit nichts von allem noch an deine Vergangenheit erinnert und es loderte so stark, dass niemand etwas von dir finden würde.

es wird klarer

Eingefahrene Lebenslagen, die dich so lange nicht gekümmert haben, drängen sich inzwischen in dein Leben wie Teenager auf einem Popkonzert. Du verschwindest in der Masse und wirst durch das Gewicht erdrückt, weil du in der Mitte stehst und es nicht schaffst, an den Rand der Absperrungen zu gelangen. Die Luft zum Atmen wurde dir abgedrückt und kurz vor der Ohnmacht erreichst du endlich ein paar wenige Zentimeter, an denen du dich selbst wieder spüren kannst. Allmählich wieder ein wenig Gefühl in deinen Extremitäten, die abgeschnürt und gequetscht wurden über einen viel zu langen Zeitraum. Du bist nicht frei, lediglich ein bisschen freier und musst das, was auf dich zukommt, nun auch bis zum bitteren Ende durchziehen. Da geht es nur nach vorne, obwohl du die Bühne noch nicht sehen kannst. Genau jetzt kommt die Erkenntnis, über das was war und gleichzeitig wird dir bewusst, was du von dem zu erwarten hast, was kommen wird. Auf einen Schlag kümmert es dich und die Unbeschwertheit ist urplötzlich vorbei. Das macht Angst, schafft aber auch Klarheit über die Wege und die Schluchten, die sich ebnen und öffnen werden. Bevor das beginnt, nimmst du einen letzten Atemzug und stürmst ganz nach vorne.

wie ein windzug

Leichtfüßig habe ich häufig versucht mich davonzuschleichen, damit niemand von den Geräuschen wach wird und sie erst am morgigen Tag erkennen, dass ich mich entfernt habe. Das Kollektiv, dass in seine Einzelteile zerbröselt ist klammert sich nur noch an alte und nicht mehr vorhandene Vorstellungen. So bin ich nach einer Weile des Wartens geflohen und habe mir beim Klettern und zwischen all dem Stacheldraht Wunden zugezogen, die meinen Abschied sichtbar machen und deren Schmerz erst langsam heilen wird. Ich bin froh, selbst die Stärke aufgebracht zu haben all dem zu entkommen, was ich schon so lange nicht mehr wollte. Ich wollte ich sein und ganz allein sein. Ich hatte es satt, mich den Zwängen zu unterwerfen und Teil eines Plans zu sein, der für mich von Anbeginn an nicht aufgehen konnte. Ich werde vermissen und ich werde zurückdenken, doch niemals wird es für mich infrage kommen, zurückzukehren. Allein werde ich weitermachen und ich stehe vor einer Zeit, in der ich mich neu entdecken werde und vor allem muss, da ich nur so wissen werde, wer ich bin, wenn ich kein Teil von etwas bin. Nur für mich zu sein ist etwas, was ich nie kennengelernt habe und ich nervös und angespannt, aber vor allem freue ich mich.

diamant

Es war nicht das erste Mal, dass du dich so schnell verliebt hast und schon ziemlich zu Beginn eurer Annäherungen auf den Gedanken gekommen bist, genau dieser eine Typ ist es jetzt. Das ist endlich der eine Mann, der mein Herz für sich beanspruchen kann und dem ich mich unverzüglich vollkommen hingeben werde, ohne Kompromisse einzugehen. Er ist einfach zu perfekt und du bist dir sicher, dass nichts sich dieser jungen Liebe in den Weg stellen kann. Die Gespräche zwischen euch dauern die ganze Nacht und wenn ihr nicht redet, dann habt ihr Sex. Der ist wild, wenn auch nicht unbedingt exotisch. Es ist dieses Verschmelzen, von dem du bereits in deiner Jugend gehört hast. Ihr seid nicht mehr zu trennen. Selbst wenn die Zeit, der Job und alle Verpflichtungen es nicht zulassen wollen, macht ihr es möglich, dass ihr euch sehen könnt. Ist egal, wenn es nur kurz ist, Hauptsache zusammen. Und es folgen erste zaghafte Interpretationen von Gefühlen und Sätze, die du dir zurecht gelegt hast, damit dass was du fühlst auch wirklich auf den Punkt bringen wird, wie es tief in deinem Inneren aussieht. Er verspricht dir die Welt und die Zukunft, die jetzt zum Greifen nah ist und auf die du dich vorbereitet hast. Es kann losgehen. Die Reise wird wild, aber du bist bereit. Dein Handy steht nicht mehr still, er sagt dir, dass er an dich denkt und er schreibt dir Zeilen und er zitiert und spielt dir Lieder auf der Gitarre vor. Er ist ein Mann, wie du ihn dir vorgestellt hast. Fast noch ein wenig besser sogar.

Ein Traum, der endlich in Erfüllung geht. Er sagt dir, er will dich exklusiv und das ist genau das, was du auch willst. Und nachdem das geklärt ist und zwischen all den Kochabenden, dem Wein, dem Tanzen und dem tollen Sex werden seine Liebesgesänge auf einmal weniger. Er findet Ausflüchte, warum ihr euch nicht treffen könnt. Er erzählt dir, dass so viel los sei, aber das ihr euch bestimmt sehen werdet. Vielleicht morgen oder den Tag darauf. Spontan will er es halten, denn das ist doch eh immer am besten. Und du willst spontan sein, weil du ihm gefallen willst und ebenso wenig willst du nerven, darum erwähnst du nicht, wie sehr es dich verletzt, dass er nicht schreibt und nicht anruft und ihr euch nicht sehen könnt und warum er ein Arschloch ist. Dann gibt es keine gemeinsamen Nächte mehr sondern, eher Pflichtveranstaltungen. Und du machst mit, weil du keinen großen Streit anzetteln willst. So verbergen sich die Gefühle zueinander. Keiner schreibt mehr und das Lachen ist verflogen. Dich beschleicht das Gefühl du bist eine von vielen und im Grunde weißt du, dass du auf einem sinkenden Schiff bist. Dennoch ist träumen so schön und du willst auf keinen Fall erwachen. Dann herrscht Stille und jeder wartet, dass der Andere irgendwas sagen wird, aber weil niemand etwas sagt, bleibt das Handy stumm. Doch eines Tages will er dir erklären, was los ist und beginnt seinen Monolog so, als hätte er diesen aus einem schlechten Film geklaut. Es sei nicht deine Schuld, sondern seine und die ganzen Gefühle, dass geht ihm einfach alles viel zu nah. Er ist noch nicht bereit und du fragst dich im selben Moment, wofür denn bereit sein, ihr zieht schließlich nicht in die Schlacht. Dein Herz tut weh und wird es noch eine Weile. Zwischen den Zeilen und das weißt du, bedeutet sein ganzes Geschwafel im Prinzip nur, dass er noch in andere Betten steigen will, dass er nicht fähig dazu ist, sich festzulegen und das er sein Leben nicht so richtig auf die Kette bekommt. Du bist traurig, weil es vorbei ist und er wird traurig sein, weil er den Sex mit dir jetzt leider nicht mehr haben kann. Und er wird deine Wohnung verlassen und sich verabschieden und dir sagen, dass er sich ganz bestimmt bei dir meldet. Während er das sagt, erkennst du bereits die Lüge. Diese paar Monate waren ein schöner Traum und du wirst noch eine Weile an ihn denken. Genauso lange, bis du ihn vergessen haben wirst, weil du feststellst, dass er nicht so toll war und das er nicht der Mann war, der dich verdient hat.

zu früh zerfallen

Abstrakte Bindungen, die keine langen Brücken schlagen, weil die Seile, die diese halten sollen, viel zu marode und brüchig geworden sind. Die Beanspruchung und Benutzung durch so viele Hände und deren Gewicht haben den Zerfall unterstützt und so hängt alles nach kurzer Zeit bereits nur noch an einzelnen Fäden, die sich mit aller Mühe ineinander klammern, bevor sie endgültig zerreißen.

nichts ist verkehrt

Der Junge, der zum Mann geworden war fürchtete sich vor sämtlichen Pflichten und war kaum in der Lage am Morgen das Bett erholt zu verlassen, aus ständiger Angst, dass er die grundlegendsten Dinge nicht meistern konnte. Und in der Bahn, zwischen den Fahrten von seiner Unterkunft und dem Ort, an dem er arbeitete überlegte er, was falsch mit ihm sein könnte. Und so oft durchdachte er sich und sein Leben und bezog sämtliche Eventualitäten mit ein. Eine Antwort auf diese Fragen erhielt er nie. So wurde er traurig und wütend, aber vor allem war er enttäuscht von sich selbst. Es dauerte sehr viele Zugfahrten, bis er sich entschloss, die Hilfe anzunehmen, die er lange nicht annehmen wollte und für die er sich schämte. Aber da die Scham nicht siegen sollte und er sich einfach nur wünschte, ohne diese Gedanken durch den Tag zu spazieren, sprang er über seinen eigenen Schatten und ließ sich ein auf das, wovon er keine Ahnung hatte. Bereits nach den ersten zaghaften Rettungsversuchen von außen merkte der Mann, dass es ihm besser ging und er leichter aufstehen konnte. Der Nebel verzog sich langsam und kam immer wieder zurück, bis er gänzlich verschwand. Von da an konnte er die Zugfahrten jeden Tag neu genießen.

ich bin da

Angekommen an dem Ort, von dem sie dachte dort würde sie erst im hohen Alter einmal landen, erkennt sie, dass sie alles, was sie vermisst hat, hier versammelt auf sie gewartet hat. Die Freude, die sie verloren glaubte, kehrte nicht allmählich, sondern ganz plötzlich zurück in ihr Gesicht und der Druck, den sie auf dem Brustkorb spürte, verschwand so schnell, wie er damals angefangen hatte. Sie konnte sich ihrer warmen Kleidung entledigen, da sie nicht länger frieren musste und selbst wenn doch mal Wolken aufzogen, fühlte es sich um sie herum warm an. Ihre Haut schien jeden einzelnen Sonnenstrahl einzufangen und tief einzusaugen, während sie ihr Gesicht der Wärme entgegenstreckte. Nie hätte sie sich vorstellen können, dass nach dem gefühlten Ende alles weitergehen wird und sie Menschen begegnen wird, die nichts als offene Arme für sie übrig hatten. Die Tage verstrichen langsam und das fühlte sich perfekt an, da keine Hektik und nicht die einzige Spur von Stress jemals an diesem Platz zu vernehmen war. Es war schön und genau das hatte sie verdient, nach all der Zeit der unzähligen Entbehrungen und aufgezwungenen Pflichten, die sie erledigte, in der Hoffnung irgendwann ein klein wenig mehr Lebensfreude empfinden zu können.

unvollkommene orte

Egal wie viele Monate inzwischen schon verflogen sind und egal wie sehr du dich an neue Sachen und Menschen gewöhnt hast, bleibt doch immer das Gefühl, dass nicht alles beisammen ist und Teile von dir einfach fehlen. Während du dich durch den Schnee kämpfst, den du als Kind nicht kanntest, ist dir klar, dass deine Mutter ihren Kopf zur Sonne hält und betet, dass es ihrem Jungen gut geht, da er sich schon so lange nicht bei ihr melden konnte. Dein Vater auf dem Feld denkt zurück daran, wie du ihm früher immer bei der Arbeit geholfen hast und fragt sich, was für ein Mann du inzwischen geworden bist. Verteilt in einer anderen Ecke der Welt weißt du um die Existenz der Puzzleteile, doch holen darfst du sie nicht, denn das würde einfach nur bedeuten, gefangen genommen zu werden von Bestien, die sich am Leid unschuldiger Leute ergötzen. Genau vor diesen Monstern bist du weggelaufen, weil du es nie übers Herz hättest bringen können, dass deine liebevolle Seele vorzeitig deinen Körper verlässt, um eine leere Hülle übrig zu lassen. Mit einer Waffe in der Hand, die dir aufgezwungen wurde, würdest du dich an den Anfang wünschen, an dem die kaputte Welt einfach nur heil gewesen ist.

fast schwarz

Noch immer renne, laufe, wandle ich durch die langen Korridore, in denen ich das Ende nicht genau erkennen kann. Meine Augen sind schwächer geworden und nehmen nur noch Umrisse wahr, die sich ohnehin alle ähneln. Ich brauche die Details nicht mehr zu erkennen, ich habe sie gesehen, gezählt und manche von ihnen habe ich kaputt geschlagen, wenn mich die Weite innerhalb der hohen Wände an den Rand des Durchdrehens gebracht hat. Lange habe ich vergessen, wie ich überhaupt aussehe, oder wie ich in einem Leben vor diesem Leben ausgesehen habe. Ich habe mich vor vielen Jahreszeiten vergessen. Niemand ist aufgetaucht, um hier zu bleiben und auch mein Blick aus dem Fenster hat mir verraten, dass nur ich hier bin und sicher auch nie wieder irgendwo anders hingehen werde. Mein Hemd hat sich aufgelöst und mühselig habe ich versucht, es durch Knoten zu flicken, damit ich nicht vollkommen nackt durch diese Hallen irren muss. Gespräche mit mir selbst helfen ein wenig, die Geräusche und das Knacken der immer fortwährenden bröckelnden Bausubstanz zu durchbrechen. Isoliert von dem Außen und isoliert von mir selbst. Ich kenne alles, jeden kleinen Winkel. Das Einzige, was ich nie finden konnte, war ein Ausgang.

für dich

Wenn du das lesen wirst und sich alle Bilder, die ich dir in den Kopf gesetzt habe so sehr eingebrannt haben, dass du sie nie wieder loswerden wirst, dann habe ich die Gewissheit, dass du mich nie vergessen wirst. Denn wenn ich nicht mehr stattfinde, werde ich nicht mehr bei dir sein. Und an deiner Seite zu gehen ist doch der einzige kleine Wunsch, den ich mir vom Universum erbeten habe. Alles in seine Gänze wird beherrscht von so einer großen Wichtigkeit, dass es mir nicht möglich ist, uns nicht aufzuschreiben. Darum ist jede einzelne Notiz und jedes kleine Wort ein Teil von dir, um dir zu zeigen, wie schön alles sein kann, wenn du und ich nebeneinander sind. Mitunter kann es möglich sein, dass all die aufgeschriebenen Sätze keinen Sinn ergeben werden und einzeln betrachtet einfach bloß plötzliche Anhäufungen von Bergen aus Buchstaben sind. Im Großen betrachtet ergibt alles eine Bedeutung, die ich für dich gut versteckt habe und weil ich nicht wollte, dass alles zu einfach ausgebreitet für dich bereitliegt. So wird dich alles begleiten, wie auch immer dein Weg sein wird, wenn wir ihn nicht mehr zusammen gehen können, weil einer von uns auf der Strecke liegen geblieben ist und es nicht geschafft hat erneut aufzustehen.

nicht müde

genug

Du bist nicht mehr müde und hältst dich einfach nur wach, weil du noch eine letzte Zigarette rauchen willst. Das hast du dir schon vor vielen Stunden gesagt. Der Geruch von dem zurückliegenden Abendessen hängt in der Luft und hüllt den Raum in einen seltsamen Duft, weshalb du in der eisigen Kälte am Fenster sitzt und unbedingt willst, dass es verschwindet. Das leise andauernde monotone Geräusch des Geschirrspülers im Hintergrund trägt deine Stimmung durch die Nacht und ab und an schweift dein Blick nach draußen in die Dunkelheit, die gar nicht mehr richtig existiert in einer Stadt, in der immer Treiben herrscht. Lediglich das Bellen von Hunden unterbricht die Stille, in der du es dir bereits gemütlich gemacht hast. Hinter all den doppelverglasten Fenstern, die deinem gegenüberliegen, brennen nur noch wenige Lichter und du fragst dich, ob sie alle wie du nicht müde werden können, da irgendwas tief im Inneren schlummert und sie daran hindert endlich einzuschlafen. Irgendetwas von dem sie wissen, dass es existiert, aber noch nicht weit genug an die Oberfläche gekommen ist, sodass es endlich benannt und losgelassen werden kann. So vergeht Nacht für Nacht, ohne dass sich dein Geist und dein Körper zur Ruhe legen können, obwohl du es willst.

heilung

Nie wird es vorbeigehen, sondern lediglich pausieren, um neue Kräfte zu sammeln und dich härter zu treffen als je zuvor. Gute Phasen werden sich abwechseln mit schlechten, die sich aus dem Nichts an dich heranschleichen und dich packen, noch bevor du hättest ausweichen oder dir einen Schutz zulegen können. Das Tier ohne feste Gestalt und ohne Namen wird sich an dich klammern und versuchen bei dir zu bleiben, solange es nur irgendwie geht, um mit dir zu verschmelzen. Die Angriffe werden leichter werden und mit jedem Mal kannst du die Gefahren und die damit verbundenen Lasten mehr ertragen und es einfach überstehen, weil du weißt, es geht vorbei. Die Zähne, die sich in dein Fleisch schlagen, werden für immer ihre Abdrücke hinterlassen, aber nie mehr dahin vorstoßen, wo dein größter Schatz vergraben liegt, da du gelernt hast, diesen um jeden Preis zu beschützen und nicht erneut an Plätze zu gelangen, an denen du gewesen bist und an die du nie wieder reisen willst. Oft wird es dir die Möglichkeiten nehmen, dich auf das zu konzentrieren, was wirklich wichtig ist und wird dich davon abhalten zu empfinden, was dir etwas bedeutet und vor allem, wird es dir die Sicht nehmen, für die Dinge, die real sind.

keine party mehr

Die Unmengen an Glassplittern werden sich nicht mehr den Weg in deine Füße bahnen. Feierei und Rausch sind zum Erliegen gekommen und niemals wieder soll der Boden dich an deine Entgleisungen erinnern. Zu viele Lücken sind zwischenzeitlich in deinem Kopf entstanden, sodass du Teile deiner eigenen Lebensgeschichte völlig vergessen und fort geschoben hast. Wenige Konfettireste werden dich in den Ritzen daran erinnern, dass hier mal ein Leben stattgefunden hat, welches heute weit entfernt unter dem Boden schlummert und hoffentlich nie gefunden werden kann. Denn da war nichts außer einem kurzweiligen Zeitvertreib, der dir nicht annähernd das geben konnte, wonach du dich gesehnt hast. Es war ein Versuch der Wirklichkeit zu entweichen, um nicht so schnell wiederkehren zu müssen und deinem Ich tief ins Gesicht zu schauen. Es ist Zeit endlich auszusortieren und alles, was nicht hier hergehört zu entsorgen und nicht in die sich immer wiederholenden Kreisläufe zu verfallen, die früher deine Tage bestimmt haben, ohne das du es hast kommen sehen. Es brauchte einen Plan und eine Menge Geduld zu dir selbst nein zu sagen und bei der Entscheidung zu bleiben, all das loszulassen.

formlos

Ich will nicht wie weiche Knete sein, oder so als hättest du mich als Material zum allerersten Mal in deinen Händen und bist ganz verblüfft, was man damit alles anstellen kann. Du würdest gerne Klumpen aus mir formen, die du in die Löcher der Wand steckst um zu verschleiern, dass du wieder einmal mit voller Wucht in eben diese geschlagen hast. Die oberste Hautschicht an deinen Händen ist inzwischen ganz blutig und verkrustet, weil du ihnen keine Zeit zur Genesung gegeben hast. Und während du dir die Reste vom Staub unter dem Wasserhahn abwäschst, steigen dir Tränen in die Augen, weil du so verärgert darüber bist, dass ich im realen Leben eben nicht so formbar wie die Knete bin. Ständig bist du wütend auf mich, obwohl ich dir keinen Anlass gegeben habe, sondern du mich einfach zu der Puppe gemacht hast, auf die du immer und immer wieder einschlagen kannst. Du möchtest mich gerne so gestalten, wie du es dir vorstellst und wie du meinst, dass es gut zu dir passt. Ich soll nichts sagen und keine Antworten geben auf deine Fragen, die nicht mir gelten, sondern ganz allein dir selbst. Doch ich kann und will nicht die Knete sein und ich kann auch nicht die Löcher ausfüllen, die dich so sehr verletzen und einfach nicht geschlossen werden wollen.

es ist so und ganz anders

Wieder ein Anfang, weil das Wort Ende so klingt als wäre nun alles vorbei. Dabei hat sich nur ein weiteres Kapitel geschlossen, welches erzählt werden wollte. Und es sind die Sorgen, Nöte und Ängste und ebenso sind es die vielen Lacher und die kuriosen Begegnungen aus den Erfahrungen, die erlebt wurden und für irgendwas wichtig sind. Es gehört alles zusammen und ist, auch wenn der Wunsch oft noch so groß ist, untrennbar miteinander verbunden. Das Leben einsaugen, auch wenn ab und an die Kraft oder die Motivation fehlt. Das Aufstehen fällt häufig schwerer und manchmal ist es eigentlich ganz ok. Oft macht es im gesamten Spaß und noch häufiger ist alles ungerecht und die ganze Welt sollte nur noch verflucht werden. Fliegen und Fallen liegen so eng beieinander wie Körper, die sich in kalten Winternächten aneinander kuscheln, um sich Wärme zu spenden. Gelegentlich wiederholt sich so viel und die Langeweile des Alltags macht sich so breit, dass im Kopf nichts mehr los ist und die Ablenkung durch alles, was bunt ist und flackert, die beste Beschäftigung des Tages ist. Und manchmal geschehen interessante Dinge, die den Glauben beflügeln oder einfach nur da sind, um alles ein wenig erträglicher und schöner zu machen.

spektakel nach der dämmerung

Du amüsierst dich darüber, wie ich gegen die Wand gepresst schlafe, weil ich es so sehr mag, wie sich die Kälte auf meinem warmen Körper ausbreitet und ich keinen Unterschied zwischen den Raumtemperaturen dabei mache. Du magst die ganzen Knoten und Verrenkungen, die ich vollführe und an die mich nach der Nacht nur der Rückenschmerz erinnert, mit dem ich mich mühselig aus dem Bett schäle und schleiche, um dich nicht aufzuwecken. So gerne stecke ich meine Nase in die kleine Lücke zwischen Bett und Raufasertapete, weil ich denke, die Luft ist dort noch viel frischer. Ich wiederum höre dir gerne zu, wenn du in deinen Träumen etwas erzählst oder singst, was ich nicht verstehen kann und dabei entweder belustigt oder auch ein wenig gegruselt bin, da ich so häufig nicht weiß, ob du schläfst oder wach bist. Manchmal beschimpfst du mich auch unabsichtlich und ich kann dir das nicht übel nehmen. So vollführen wir jeden Tag, nachdem wir das Licht gelöscht haben die bemerkenswertesten Dinge, ohne davon selbst überhaupt Notiz zu nehmen und ertappen uns dabei, wie schön wir aneinander diese ganzen Eigenarten finden. Das sind kleine Momente in denen wir wieder wissen, wie sehr und warum wir uns lieben.

wenn wir uns sehen

Ich würde dich gern fragen, ob du mit mir ausgehen willst, einfach nur um zu reden und damit wir uns ein bisschen näher kennenlernen können. Mich würde interessieren, ob ich alles, was ich über dich hörte, glauben kann und wie viel Wahrheit die erzählten Geschichten beinhalten, von denen ich so ziemlich alle als unglaubwürdig erachte. Du sollst dabei nichts auslassen und ich würde mir wünschen, dass nichts von all deinen bisherigen Stationen schön ausgeschmückt wird, eben weil ich so sehr darauf brenne zu wissen, wie du geworden bist, was du geworden bist und ich mich so zu dir hingezogen fühle. Es ist mir egal zu welcher Tageszeit wir uns treffen, ich will die Luft anhalten, bis du dich meldest und zu mir sagst, dass es jetzt losgeht. Frag mich nicht danach, wie viel Zeit ich denn für dich habe, denn wenn wir uns sehen, soll das keine Rolle spielen. Sag mir was du trinken willst und welche Umgebung du brauchst, damit du dich vollends wohlfühlen kannst. Scheu dich bitte nicht davor, mir von dem zu berichten, was dich hat traurig werden lassen in der Vergangenheit und was dich glücklich machen würde in der Zukunft. Lass uns einfach schauen, was passiert, wenn deine und meine Blicke sich treffen.

frieden finden

Eva hat sich lange überlegt, wann sie die Revolution starten sollte, die sie schon seit Kindertagen plante und deren Details auf viele kleine Zettel niedergeschrieben wurden, die sie in einem geheimen Fach in ihrer Kommode verstaute. Niemandem zeigte sie bisher, was sie aufschrieb und welche Neuerungen sich in ihrem Kopf abspielten. Diese Ideen waren wie ihr Tagebuch und es musste noch eine Weile vergehen, ehe sie alles mit der Welt teilen wollte. Akribisch durchdachte sie nachts in ihrem kleinen Kinderzimmer zwischen Postern ihrer Lieblingsbands sämtliche Gedanken. So oft hoffte sie, dass alles einfach verschwinden würde und sie ein ganz normaler Teenager sein könnte, der vor dem eigenen Ich wegläuft, in der Hoffnung, dass sich Probleme in Luft auflösen würden. Das taten sie nie und ihren Kopf auszuschalten wagte sie nicht, vielmehr konnte sie es auch nicht. Die Sehnsucht nach dem Mehr, der Weite und dem Größer ließ sie nicht in Ruhe und verschwand erst, als sie eines Tages und viele Jahre später bereit war, ganz vorne zu stehen und für sich und ihre Ideale zu kämpfen, die sie mit der Welt und nach etlichen Anläufen zu teilen bereit war. Sie fühlte sich nie freier und nie ruhiger, als in diesen Momenten in der ersten Reihe.

richtig kaputt

Ich weiß nicht, wo wir hingehen, wenn nichts mehr davon übrig geblieben ist, was uns einst an diesem Ort gehalten hat und ich weiß auch nicht, warum ich die Zerstörung immer noch sehen kann, selbst wenn meine Augen schon längst geschlossen sind und ich sie so fest zusammenkneife, dass nichts hindurchdringen kann. Vielleicht ist es eine Fantasie, die entstanden ist aus vielen parallel verlaufenden Scheinwelten inmitten einer Dimension, zu der wir bisher nicht vordringen konnten. Vielleicht hat sich die Erde gekrümmt, sich zu einem kleinen Teil zusammengefaltet und sich anschließend mit lauter Löchern und Knicken wieder geöffnet. So entstanden Gräben, in denen alles Grün einfach zu braunem Matsch zerfallen ist und der Boden nie wieder Früchte tragen wird. Von dem Vielen sind nur noch Bruchstücke geblieben und verteilen sich wie kleine Splitter über dem Boden. Ständig darauf bedacht, nicht in einen von ihnen zu treten und so ein Stück der Verwüstung komplett in sich aufzunehmen. Nichts wird zurückkommen und ich kann es sehen, egal ob meine Lider nun geöffnet oder geschlossen sind. Nichts wird sein wie es war und überhaupt wird alles anders, denn die Fantasie war Teil der Wirklichkeit.

spiel ohne regeln

Du spielst mit mir so lange bis ich kaputtgegangen bin und so lange bis die Bemalung einfach abgeblättert ist und so lange bis das Porzellan, aus dem ich gemacht bin sich ablöst und kleine Risse und Kerben hinterlässt. Die Haare ausgerissen und alles an mir unbrauchbar gemacht, bis alles erlosch und diese Hülle zu Staub zerfiel, welcher sich mit dem Wind in alle Himmelsrichtungen zerstreut hat. Die ganzen Regeln waren so unübersichtlich, dass ich nicht so schnell verstehen konnte und der Startschuss fiel noch bevor ich mich auf dem Platz zurechtzufinden begann. Ich bin kaputt, obwohl ich lange durchgehalten habe und mir nicht habe anmerken lassen, wie sehr das alles an meinen Kräften saugt und mich in eine Ecke drängte, in die du mich befördert hast. Wie ein unsichtbares Phantom lässt du mich dort sitzen, damit ich deine Gier nach dem Elend anderer Menschen stillen kann und du erst dann zufrieden bist, wenn alles verschlungen wurde. Selbst wenn deine Befriedigung vorüber ist, machst du es mir unmöglich sofort loszurennen um schnell von dir wegzukommen. So werde ich nie verschwunden sein und nur darauf warten, bis du das Interesse verlierst und mich am Ende in den Wolken verstecken.

wenn du gross bist

Irgendwann ist es dann einfach soweit und du kannst dich nicht mehr auf deiner Kindlichkeit und Naivität ausruhen, denn dann wird alles real. Aus dem Spiel wird der Ernst und die Gesellschaft erwartet einfach von dir, dass du dich irgendwie integrierst und leichtfüßig ein Bestandteil dieser wirst. Das ist dann der Zeitpunkt, an dem du dir überlegen musst, wie sich der Kühlschrank füllt oder wie anfallende Rechnungen überwiesen werden. Niemand ist dann da, um das für dich zu übernehmen, eben weil du jetzt in größeren Schuhen durch dein Leben gehst und keine Hände dich mehr halten, solltest du auf deinem Weg stolpern. Strengen Blicken kannst du dann nicht mehr ausweichen, weil sie einfach überall lauern und ständig jemand an deine Tür klopfen wird, der irgendwas von dir haben will. Versprechungen musst du einhalten und hast die Möglichkeit verwirkt dich auf dem Vergessen auszuruhen. Chaos hat dann keinen Platz mehr, denn alle um dich herum müssen sich schließlich auch auf ihre eigene Art und Weise darum bemühen, dass alles jeden Tag zum wiederholten Mal funktioniert. Du brauchst einen Plan oder zumindest irgendeine Vorstellung davon, wie alles weitergehen kann, selbst wenn du sagst, dass du überaus spontan bist und einfach in den Tag lebst.

lass es wieder leuchten

Geräusche der Zerstörung und des blinden Terrors haben dich früh aufgeweckt. Von deinem Fenster aus siehst du die Sonne aufgehen und würdest dir wünschen, dass du deine Augen in einem Land aufgemacht hättest, in dem alles friedlich ist und die Musik nie verstummt wäre. Sobald du aber dein Bett verlässt, siehst du die Straßen, die im Blut von deinen Nachbarn und Freunden schwimmen. Dieser Strom fließt nicht langsam, sondern sehr schnell und entspringt aus einer Quelle, die nie versiegt, weil die Schlächter nie aufhören werden für Nachschub zu sorgen. Wie gerne würdest du einfach dieses Kind sein, dass unbeschwert auf den Straßen spielt und keine Angst haben muss, mit dem Lachen eine ganze Armee aus der entlegensten Ecke zu locken. Wie gerne würdest du dein eigenes Bild nicht jeden Tag im Tod von anderen Menschen sehen, um gezwungen zu sein, dich darin zu spiegeln. Du betest, dass du eines Tages den Horizont erreichen kannst und da hinten alles besser ist und Menschen sich nicht bekriegen und Tränen nur aus Freude fließen. Ein Platz an dem es keinen Neid und auch keine Kriege gibt. Ein Land, in dem du deine nackten Füße einfach in den Sand stecken kannst, um die Morgenröte zu genießen.

ahnungslos

Ich melde mich nicht mehr bei dir, weil ich nicht weiß, wie ich Umstände, die so plötzlich eingetroffen sind erklären soll oder kann. Ohne die Anschuldigungen vollendet zu haben, habe ich dich stehen lassen und bin aus dem Zimmer gegangen und habe alle Türen hinter mir zugeschlagen. Zurückzukommen habe ich mich nicht getraut, weil ich wusste, ich habe einen sehr großen Fehler begangen und meine Unzulänglichkeit auf dir abgeladen. Überhaupt habe ich mich zu sehr geschämt und konnte mir nicht vorstellen, nach dem was war, erneut in dein Gesicht zu sehen. Seitdem ich weg bin, hat sich eine große Leere in mir breit gemacht, die einfach nicht verschwinden will, egal wie sehr ich mich abzulenken versuche. Das Wir fehlt mir. Wenn du anrufst und mein Telefon klingelt, nehme ich nicht ab, weil ich weiß, dass keiner von uns Beiden sagen würde, was er wirklich zu sagen hat. Auf Nachrichten antworte ich dir nicht und fühle mich schuldig, da du eine Reaktion so sehr verdient hättest und ich es nicht mag, dich zu ignorieren. Du und ich gehören doch zusammen und nichts kann so schlimm sein, dass ich es nicht mehr schaffe, dich um Verzeihung zu bitten und mir zu wünschen, alles würde wieder gut werden.

nomaden

Ich kannte dich nur aus der Ferne, doch fiel mir bereits bei unserem ersten kurzen Treffen auf, dass du ein Mensch bist der reisen muss. Ich habe die Freude in deinem Gesicht erkannt, obwohl deine Geschichten noch nicht einmal begonnen hatten. Durch die Exkursionen, in denen du ein klein wenig von der Welt kennenlernen konntest, hast du es lieben gelernt, so viel unterwegs zu sein. Es sind die Eindrücke und vor allem die Tatsache, dass es überall anders aussieht, egal in welchem entlegenen Winkel der Erde du bist. Ein nie endender Urlaub, bei dem du die nächsten Ziele nicht kennst, da dich dein Leben und dein Instinkt einfach führen sollen. Zu lange war einfach alles durch Pläne strukturiert, die nie wieder deinen Tag bestimmen sollten. Ganz oft ist es idyllisch, wenn du deinen Stuhl in der wilden Steppe aufstellen kannst, um einfach nur zu genießen, was vor dir liegt und wie viel lediglich von absoluter Stille beherrscht wird. Im Herzen trägst dieses kleine Stück Freiheit, das du erst wahrgenommen hast, als es fast schon zu spät war. Und all das weiß ich nur durch ein paar Sätze von dir und zögerlich gibst du mir zu verstehen, dass du nicht länger allein reisen willst und wie ich es finden würde, einfach alles aufzugeben, damit du mir zeigen kannst, wie schön all das ist, was ich nicht kenne, aber unbedingt sehen, hören und riechen sollte. Ich sage nichts, sondern setze mich einfach zu dir ins Auto.

antworten

Unzählige Minuten habe ich damit verbracht einfach nur dazusitzen und mich zu fragen, welche Möglichkeiten es gibt, dich, mich und die Welt zu überraschen und eine Kleinigkeit zu erschaffen, die, auch wenn sie winzig ist, etwas ganz Großes werden kann und in dem sich Fremde wiederfinden können, um einen kleinen Augenblick innezuhalten und dadurch wieder die Besonderheit empfinden können, selbst wenn sie diese gerade nicht erspüren.

Johannes-Paul Döbler wurde 1988 geboren. Nach seiner Kindheit auf dem Land entscheid er sich, in die Großstadt zu gehen und an unterschiedlichen Stationen Halt zu machen. Er begann eine Ausbildung im sozialpädagogischen Bereich. Darauf folgten ein Journalismusstudium sowie berufliche Ausflüge als Redakteur für ein Modemagazin. Neben diesen Tätigkeiten realisierte er die Ausbildung zum Tanzpädagogen. Er arbeitete mit Kindern, Jugendlichen und Erwachsenen in diesem und im theaterpädagogischen Feld. Weiterhin berät er Menschen aus der ganzen Welt bei Fragen zur beruflichen Orientierung und weiteren Bewerbungsanliegen.

Porträt © Beo Wulf

Umschlaggestaltung & Porträt: © Beo Wulf